오빠 새끼 잡으러 간다

: 사기꾼들 전성시대

염기원 장편소설
오빠 새끼 잡으러 간다
ⓒ 문학세계사

초판 1쇄 인쇄	2023년 2월 25일
초판 1쇄 발행	2023년 3월 3일
초판 2쇄 발행	2023년 10월 13일

지은이	염기원
펴낸이	김종해

펴낸곳	문학세계사
출판등록	제21-108호(1979. 5. 16)
주소	서울시 마포구 신수로 59-1, 2층
전화	02-702-1800
팩스	02-702-0084
이메일	munse_books@naver.com
홈페이지	www.msp21.co.kr
페이스북	www.facebook.com/munsebooks
인스타그램	www.instagram.com/munse_books

책 값	14,500원
ISBN	978-89-7075-395-9

오빠 새끼 잡으러 간다

: 사기꾼들 전성시대

문학세계사

차례

일러두기

작중 등장하는 인물과 단체는 실제 존재하지 않으며, 비슷한 일이 발생하더라도 우연임을 밝혀둡니다.

오빠 꼬추 떨어졌다

> 오빠 새끼 잡으러 간다.

미주에게 문자를 보냈다. 평소라면 한참 지나야 답장이 오겠지만 이번에는 다를 것이다.

꼬불꼬불 비탈길을 내려온 버스가 평지를 만나면서 본격적으로 속도를 내기 시작했다. 실내는 조용했다. 휴대폰으로 게임을 하거나 문자를 주고받는 사람들을 빼면 대개 팔짱을 낀 채 눈을 감고 있었다. 도로는 늘 그렇듯 한산했고 드문드문 희미한 가로등이 보일 뿐이었다. 외부인의 시선으로는 을씨년스러울 것이다.

창밖 풍경은 가로수와 컨테이너, 폐가 몇 채 정도가 전부다. 어쩌다 공장 불빛이 보이는 정도인데 태백 아니랄까 봐 모두 산자락에 있다. 얇은 철판이 버스 밖과 안을 구분하여 실내는 제법 안온한 느낌이 들지만, 차가 달리는 곳은 사실 건장한 성인 남성도 혼자 걷기에는 무서운 길이다. 십 대 시절의 나는 새벽마다 이런 길을 달렸다. 그것도 다 오빠 새끼 때문이었다.

끼익. 날카로운 소리를 내며 버스가 급정거했다. 쿵 하며 휴대폰이 바닥에 떨어지는 소리가 들렸고, 몇몇은 짧은 비명을 질렀다.

"야! 이 씨발, 저 미친 새끼가!"

기사 아저씨가 걸쭉하게 욕지거리를 뱉었다.

승객 대부분은 무심한 표정이었지만 몇은 긴장한 표정으로 앞유리 쪽을 기웃거렸다. 초보 티를 내는 것이다. 내 짬밥 정도가 되면 도로 위에서 무슨 일이 벌어진 건지 안 봐도 훤히 알 수 있다. 미친 고라니 새끼가 뛰어든 것이다. 전조등 때문에 눈이 부시면 잠깐 감고 있으면 될 것을, 빤히 쳐다보고 있다가 눈에 뵈는 게 없을 정도까지 되고 나서야 갑자기 이리 뛰고 저리 뛰다 차로 달려들기 일쑤인 멍청한 놈들이다.

그러니 세계적으로 멸종위기종인데, 유독 한국에서는 너무 많아 처치 곤란이다. 군대 다녀온 남자들은 고라니라면 학을 뗀단다. 로드킬 당한 고라니를 보는 게 익숙한 산골 사람들도 마찬가지다. 녀석들은 논밭을 헤집고, 달리는 차를 향해 뛰어들며, 울음소리마저 재수 없다. 여기가 태백이 아니라 텍사스였으면 죄다 총 맞아 죽었을 것이다.

"죄송합니다. 다치신 분 없으시죠?"

착한 기사님이다. 자기가 가장 놀랐을 거면서 승객 걱정이 먼저라니. 치익. 앞문을 열고 나간 그가 버스를 둘러보고는 다시 운전석에 앉아 시동을 걸었다.

다시 정적이 맴돌 무렵, 휴대폰이 진동했다.

왜? 무슨 일인데?

미주에게서 온 답장이었다. 예상대로 빠른 반응이었다.

파블로프의 개가 종소리만 들으면 침을 질질 흘리듯, 얘는 우리 오빠 얘기에 척수 반사를 일으킨다. 이 골통이 생각하는 오빠와 내가 아는 그놈의 실체 사이에는 커다란 괴리가 있다. 내게 오빠 새끼는 퇴근길 도로 위에 난데없이 나타나 지랄발광하는 고라니 같은 존재다.

오빠라는 놈은 내 인생에 한 번도 도움이 된 적이 없다. 매번 내가 원치 않는 시점에 예측할 수 없는 방식으로 훼방을 놓곤 한다. 왜 하필 오늘이란 말인가. 지난주 목요일에 출근해 엿새 동안 연짱으로 일했으니, 이제 이틀 동안 편하게 쉬는 것만 남았는데.

언니, 이모들과 저녁을 먹을 때까지만 해도 내 인생에는 아무런 문제가 없었다. 엿새 만에 집에 갈 시간이 코앞으로 다가오자 세상 모든 게 아름다웠다. 식당 아주머니 얼굴도 예뻐 보였다. 양배추쌈에 오리 불고기, 칼칼한 김칫국, 후식으로 나온 수정과까지, 훌륭한 메뉴였다. 대한민국에 있는 공장 구내식당 중 아마 최고일 것이다.

문제가 발생한 건 양치를 미루고 흡연장에 갔을 때였다. 말이 흡연장이지, 환기도 안 되는 곳이라 안에 들어가 담배를 피우는 사람은 거의 없고 다들 주변에서 연기를 내뿜는다. 오후에 미주에게 받은 메시지가 생각나 휴대폰을 만지작거렸다. 요즘 유행이라는 코미디 동영상이었다. 그런 쓸데없는 거 좀 보내지 말라고 그렇게 얘기를 했는데도. 재생 시간이 짧길래 그냥 한 번 볼까 하고 재생 버튼을 눌렀다.

반장 언니가 미간을 찌푸린 채 담배를 물고 다가오는 모습이 눈에 들어왔다. 공장에서 내가 함부로 개길 수 없는 유일한 사람이다. 그녀가 담배를 피우고 들어가기 전까지 양치와 소변을 마치려면 빠르게 움직여야 했다. 급하게 마지막 한 모금을 들이마시려는데 휴대폰에서 어디서 많이 본 상판대기가 나왔다. 심장이 철렁 내려앉는 느낌이 들었다.

"경력 사기 / 매출 조작 / 사기꾼 신동O의 실체를 고발한다"라는 제목의 동영상이었다. 혹시나 해서 섬네일 버튼을 누르니 익숙한 얼굴이 화면의 반을 채웠다. 역시나 오빠 새끼였다. 좀처럼 평정심을 잃지 않는 내 혈압을 급상승시키는 존재는 왜 다 혈육인가. 이건 또 대체 무슨 일인가. 이 원수가 또 무슨 미친 일을 벌인 것인가. 내 모든 계획이 틀어진 건 이때부터였다.

> 이 새끼 사고쳤어, 이것 봐.

미주에게 동영상 주소를 보냈다.

치익. 버스가 멈추고 문이 열렸다. 시내인 황지까지는 아직 갈

길이 먼데도 이 외진 곳에 내리는 사람이 한 명 있다. 바로 나다.

도로변에는 동네에서 유일하게 엘리베이터가 있는 아파트가 우뚝 섰다. 그곳부터 시작하는 오르막을 한참 올라야 집에 갈 수 있다. 비탈길을 걷다 보면 무너질 듯 허름한 건물이 나오는데, 예전에 병원 사택으로 쓰던 곳이다. 지금은 폐가다. 그 뒤로 보이는 연립이 우리 집이다.

쓰레기봉투를 뒤적이던 고양이 몇 마리가 내 발소리에 놀라 후다닥 달아났다. 오르막길을 걷다 보니 자연스럽게 시선이 위를 향했다. 저만치 달이 보였다. 언덕배기를 오를 때면 걸음마다 앓는 소리를 내던 엄마도 저 달을 보면서 이 가파른 길을 힘겹게 오르내렸을 것이다. 겨울에는 연탄재를 아무리 뿌려도 미끄러워서 엄마는 눈이 조금만 와도 외출을 하지 못했다.

외지인들은 태백 하면 자연스럽게 태백산을 떠올리지만 태백 사람들은 지명도가 낮은 함백산을 더 좋아한다. 우리나라에서 여섯 번째로 높은, 태백산보다 높은 산인데도 동네 뒷산인 양 한 시간이면 오르내릴 수 있다. 등산로 초입부터가 웬만한 산보다 높기 때문이다. 우리 엄마도 함백산을 좋아해서 봄이 되면 철쭉을, 가을이 되면 야생화와 단풍을 보려고 집을 나섰다. 하지만 언젠가부터는 그렇게 좋아하던 산에도 가지 못했다. 시름시름 앓았기 때문이다.

태백이 아무리 '겨울 도시'라도 해도 몇 년 전 겨울은 지독하게 길었다. 아빠라는 인간 때문에 엄마의 몸과 마음은 모두 병들어 있었다. 겨우내 집안에만 있던, 그것도 거의 누워만 있던 엄마가 마침내 외출한 것은 119구급차에 실려서였다.

이거 뭐야? 오빠가 왜 여기에 나옴? 집 통화ㄱㄴ?

오르막이 끝날 무렵 미주에게서 다시 문자가 왔다. 동영상을 다 보았나 보다.

ㄴㄴ 내일. 나 집 앞임.

집 앞이라서 통화할 수 없다는 게 보편적인 건 아니겠지. 하지만 이 동네에서는 그렇다. 쥐 죽은 듯 조용한 곳이라 남의 집 숟가락 떨어지는 소리도 들린다. 그러니 사적인 통화를 하려면 집에서 나와 도로변까지 걸어가야 누군가 내용을 듣는 걸 피할 수 있다.

우리 아빠처럼 광부 일을 해본 적도 없는 사람이 가족들과 이곳에 들어온 건 망했기 때문이다. 이 연립은 원래 대한석탄공사에서 광부를 위한 사택으로 지은 곳이다. 탄광이 문을 닫으며 원주민은 대부분 다른 곳으로 떠났고, 환경이 변하는 걸 싫어하는 노인들이 주로 남았다. 물 맑고 공기 좋은 곳이라 강원도 사람들이 장수하는 줄 알던데, 노인의 비율이 높을 뿐이다. 서울 사람들이 더 오래 산다. 태백은 강원도 내에서도 노인이 많은 곳이면서 장수하는 비율은 가장 낮다.

오르막이 끝나자 내가 사는 연립의 공동현관이 나타났다. 공동

현관이라고 해서 번호키 같은 게 있는 건 아니다. 이곳을 처음 온 사람이라면, 특히 해가 진 이후라면, 계단을 향해 쉽게 발이 떨어지지 않을 것이다. 나 같이 강단이 센 사람이라고 해도 말이다.

예전에 〈범죄의 여왕〉이라는 영화를 보다가 깜짝 놀란 적이 있다. 무심코 채널을 돌리다 얻어걸린 영화였는데, 주된 배경으로 나오는 맨션이 우리가 사는 곳과 놀랍도록 비슷했기 때문이다. 낡고 음침하며, 허름하고 허술한 곳. 비슷한 연립주택을 서울에서 실제로 본 적이 있다. 재개발을 앞둔 곳이었다. 우리 동네도 재건축 얘기가 나온 적이 있지만, 입주민 대다수는 반대했다. 살날도 얼마 안 남았는데 언제 허물고 다시 짓느냐는 것이다.

계단을 올라 복도에 들어섰다. 집마다 고장 난 전자제품과 낡은 가구, 대야니 들통이니 하는 너저분한 살림살이를 내다 두어 비좁다. 곰팡이 자국을 없애려고 벽마다 페인트칠을 새로 했지만 어색하기만 하다. 중병에 걸린 사람이 얼굴 화장만 두껍게 한 격이라고나 할까. 내가 어릴 때만 해도 연탄보일러였는데 기름보일러로 바뀐 거 하나는 다행이다.

> 내일 칼퇴할게. 페투페에서 봐.

미주에게 또 문자가 왔다. 'ㅇ'을 두 번 눌러 답했다.

'페투페'는 우리가 자주 가는 카페 이름이다. 미주는 다른 프랜차이즈는 다 있는데 스타벅스만 왜 안 들어오느냐며 불만이 많다. 프랜차이즈가 다 있다고? 웃기는 소리다. 시내에 롯데리아가 달랑 하나 있을 뿐, 버거킹이나 맥도날드, 써브웨이도 없는데. 스타벅스가 그렇게 좋으면 한 시간 넘게 기차 타고 가시던가. 태백에서 페투페 정도면 훌륭하지.

휴대폰을 주머니에 넣고 가방을 뒤적거려 열쇠를 꺼내려다 현관문 안쪽에서 TV 소리가 들리지 않는 걸 확인하고 깨달았다. 아빠가 오늘 비번이 아니라는 것을. 얼마 전 연차를 쓰면서 홀짝이 바뀌었다고 한 걸 깜빡했다. 퇴근길에 발이 유독 무겁고 절로 인상을 찌푸렸던 건 오빠 새끼가 사고를 쳤기 때문이기도 했지만, 아빠 얼굴 보기 싫은 것도 한몫했다.

"에이 씨발. 괜히 신경 썼잖아."

나도 모르게 욕이 입 밖으로 튀어나왔다. 학창 시절에 생긴 입버릇이다. 숨이 턱까지 차오르고 온몸의 근육이 터질 듯한 상태에서 마지막 남은 힘을 쥐어짜려면 욕이라도 뱉어야 했다. 그러면 곧 죽을 것 같던 몸이 한 번 더 움직여주었다. 이제는 고치는 걸 포기했다.

아빠의 입버릇은 "내가 뭘 그렇게 잘못했냐?"는 것이다. 나중에 얘기하겠지만, 우리 예쁜 엄마가 그런 모진 고생을 하며 산 게, 그러다가 못 볼 꼴까지 보고 결국 죽게 된 게 자기 탓이라는 생각을 전혀 하지 않는 사람이다. 엄마의 죽음을 놓고도 그런 말을 할 때면, 먹지도 못하던 소주를 병째 마시고는 아빠를 죽이러 가겠다며 은박지로 식칼을 싸던 엄마를 말렸던 걸 조금은 후회한다.

현관문을 열었다. 녹이 슬어 뻑뻑했다. 그렇게 잔소리를 했는데도 잘 때 입었던 옷을 바닥에 그대로 벗어둔 채 이불도 개지 않고 나간 아빠를 신경 쓸 때가 아니다. 지금은 오빠 새끼에 집중할 때다.

남매로 태어났다는 것, 내가 여동생이라는 것 자체가 문제다. 게다가 우리 오빠 새끼 같은 놈의 여동생이라는 건 최악이다. 신이 있다면 신의 실수고, 전생이 있다면 내가 전생에 나라를 팔아먹었기 때문일 것이다. 내가 누나고 그놈이 남동생이었으면 두드려 패서라도 사람을 만들어 놓았을 텐데.

책상 위에 가방을 던져놓고 컴퓨터를 켰다. 오빠 새끼가 게임한다고 샀던 건데, 지금은 내가 쓴다. 홀렁홀렁 옷을 벗은 뒤 속옷 차림으로 의자에 앉아 인터넷에 들어갔다. 오빠가 나온 동영상을 제대로 보기 위해서였다. 동영상 몇 개를 연달아 보니 한숨이 나왔다. 미친 새끼. 자기 입으로 자기가 천재란다. 어이가 없다. 나를 놀리는 분야만큼은 분명히 천재 기질이 있긴 했지만.

어린 시절 나와 오빠는 여느 남매처럼 같이 씻는 경우가 많았다. 어릴 때 살던 빌라에는 원래는 흰색이었을, 때에 찌들어 누렇게 변한 욕조가 있었다. 거기에 물을 받아 누가 더 오래 잠수하는지 겨루고, 물을 입에 머금어 서로의 얼굴에 뱉는 장난도 하곤 했다. 그러다가 인제 그만 놀고 때 밀자는 엄마에게도 함께 물을 뿌리다가 등짝을 맞기 일쑤였다.

여름방학이라 오빠가 학교에 가지 않아 종일 같이 놀던 때였다.

나를 먼저 씻긴 엄마가 장을 보러 나갔고, 욕실에서 오빠 혼자 씻고 있었다. 나는 거실 TV에서 나오던 만화영화에 정신이 팔려있었다. 요란하던 샤워기 소리가 멈췄다. 곧 오빠가 나올 것이고, 그러면 자기 보고 싶은 채널로 바꿀 게 분명하니 더욱 집중해서 봤다.

엄마가 없으면 오빠는 둘도 없는 독재자 노릇을 했다. 욕실에서 나온 녀석은 평소대로 빨가벗은 채였는데, 평소와 달리 다스베이더 등장 음악을 흥얼거리지 않는 게 불안했다. 제대로 걷지도 못하고 어기적거리며 다가오더니 울먹이며 도움을 요청했다.

"하나야, 꼬추 떨어졌다, 오빠 꼬추 떨어졌다."

"뭐? 꼬치가?"

"어. 오빠 꼬추 좀 찾아줘라. 어디 갔지? 오빠 오줌 못 눠서 죽으면 어떻게 해!"

정말이었다. 녀석의 다리 사이에 있어야 할, 포경을 하지 않아 번데기처럼 쭈글쭈글하면서 말랑말랑하기도 하고, 여름에는 살짝 늘어졌다가 겨울에는 쪼그라드는, 만지면 생각보다 보드랍고 따뜻했던 그것이, 왜 나는 저게 없느냐고 울면서 엄마에게 따지기도 했던 그 물건이, 정말로 없어졌다.

"없다! 오빠 꼬치 없다!"

태어나서 처음 놀이공원에 갔던 다섯 살 무렵의 기억은 사진을 봐도 흐릿하지만, 오빠의 고추가 없어졌던 그때만큼은 생생하다. 꼬추가 떨어졌으니 이제 오빠가 죽게 될지 모른다는 생각에 갑자기 눈물이 펑펑 쏟아졌다. 나는 거의 실성한 사람처럼, 무슨 잃어버린 집문서라도 찾듯 간절하게, 오빠의 고추를 찾기 위해 욕실 구석구석을 뒤졌다.

그리고 잠시 뒤, 욕실 문에 나타난 오빠 새끼가 당당하게 고추를 내밀며 소리쳤다.

"내 꼬추 여기 있지롱! 속았지?"

그 미친놈이 고추를 잡아당겨 다리 사이에 끼워놓고, 그러니까 똥꼬 쪽으로 숨겨 놓고선 내게 장난을 친 것이었다. "아아앙!" 나는 너무 놀랐고, 억울하기도 해서 펑펑 울었다.

곧 집에 돌아온 엄마가 내가 우는 걸 보고 오빠를 혼내주었고, 기어이 오빠도 눈물을 흘린 건 쌤통이었지만, 나를 놀리기 위한 녀석의 미친 짓거리는 그게 예고편 정도였다. 먹이사슬 관계가 역전된 후로는 내게 장난을 걸지 못했지만, 어린 시절 당했던 걸 생각하면 볼 때마다 어떤 핑계로라도 녀석을 패주고 싶은 생각이 들곤 했다.

타일 사이사이에 낀 곰팡이를 애써 외면하며 씻었다. 지금 사는 집 화장실에는 욕조가 없다. 공장 기숙사에 있는 것보다 더 좁은 이곳에서 엄마는 어떻게 김장 김치를 담근 것일까. 곰팡이를 없애보려 락스로 여러 번 청소했지만, 효과는 오래가지 못했다. 이런 집에 살면서 줄눈 시공을 할 수도 없는 노릇이다. 참자, 조금만 더 참자.

수건으로 머리를 털며 나왔다. 부웅, 자동차가 언덕을 올라오는 소리가 들렸다. 연립 주변 공터에는 늘 꽤 많은 차들이 주차되어 있다. 그중 우리 주민들의 차는 거의 없다. 시내로 출퇴근하는 사람들, 근처에서 열리는 오일장과 관련된 사람들이 주차장으로 사용하고 있다. 예전에는 이따금 사이드미러가 박살 나거나 유리가 깨진 차주들이 동네를 시끄럽게 만들곤 했는데, CCTV가 설치된 이후로는 그런 일이 없다. (나는 아빠가 범인일 것이라고 확신한다.)

목이 늘어난 티셔츠와 반바지를 입고 머리를 마저 말렸다. 옆머리가 턱을 넘지 않는 짧은 머리라 오래 걸리지 않지만 이마저 귀찮아서 싹둑 자르고 싶은 충동이 인다. 로션을 찹찹 바르고 방으로 들어갔다. 방으로 들어갔다는 말이 맞는지 모르겠다. 우리 집은 직사각형 모양인데, 부엌 겸 거실이 있고 중문 안에 방 하나가 있다. 요즘에는 이런 구조를 투룸이라고 부른다.

네 가족이 살기에는 비좁았다. 어릴 때는 중문을 열어놓고 살다가 내가 사춘기가 되면서는 안쪽 방을 '여자방'으로 썼다. 외출하고 돌아오면 하는 일도 없이 술만 먹던 아빠, 밤마다 화장실에서 자위행위를 하던 오빠를 지나쳐 방으로 들어가야 했는데, 그 동선이 참 싫었다. 엄마가 죽은 뒤부터는 나 혼자 안쪽 방을 쓴다.

집에 들어오기 전 복도에서 진동하던 청국장 냄새가 방에서도 났다. 환기하기 위해 창문을 열었다. 겨울이 아닌 게 다행이다. 이 집의 수많은 단점 중 가장 큰 것은 겨울이면 창문이 얼어붙기 일쑤라 환기하려면 현관문을 열어두어야 한다는 것이다. 똥 눌 때마다 화장실에서 담배를 피워대는 아빠와 살려면 환기는 필수다.

***

내 이름은 채하나. 1999년에 태어났다. 고졸이다. 나보다 네 살 많은 오빠 새끼는 채강천. 대졸 백수다. 유튜브에서는 '최강천재'라는 이름을 쓰고 있다. 쥐뿔도 할 줄 아는 게 없으면서 수상쩍은 일만 벌이던 아빠는 엄마가 죽고 나서야 난생처음으로 제대로 된 직업을 가졌다. 사는 곳은 태백 시내에서 버스로 삼사십 분 떨어진 연립이다. 이상 소개 끝.

오빠의 동영상을 보다 자정이 한참 넘어서 잠들었는데도 일찍 눈을 떴다. 아빠가 오기 전에 나가고 싶었다. 곧바로 일어나 외출 준비를 했다. 그래봤자 선크림 바르고 모자 눌러쓰는 게 전부였다. 청바지에 운동화를 신고 무작정 밖으로 나갔다. 시골에서는 밭일하러 가는 게 아니면 아침에 딱히 할 일도, 갈 곳도 없다. 식당은 점심 무렵에나 문을 열고 카페 역시 빨라야 열 시다.

다른 지방은 폭염주의보라던데, 태백의 아침저녁은 제법 선선해서 걸을 만했다. 물안개가 피어오르는 황지천을 따라가다 보니 구문소에 이르렀다. 박물관과 연결된 둘레길을 한 바퀴 돌고 나서 차가 뜸한 틈을 타 차도로 내려가 인공석굴을 지났다. 인도가 따로 없는 곳인데 아직 사고 났다는 얘기는 못 들었다.

석굴을 지나 왼쪽으로 틀면 2년 전에 생긴 포토존이 나온다. 유리로 된 난간 정도야 흔히 볼 수 있는 것이지만, 바닥이 범상치 않다. 아마도 강철로 만든 것 같은 발판에 구멍이 숭숭 뚫려 있어서 십 미터가 넘는 바닥이 훤히 보이기 때문이다. 미주는 이곳에 올라서는 걸 질겁한다. 겁쟁이라고 놀리면 마지못해 올라오는데, 내가 방방 뛰면 이내 꺅 비명을 지른다. 울상이 된 녀석을 놀리는 재미로 하는 짓이지, 솔직히 나도 발판에 올라서기가 무섭다.

몇 주 전, 둘이 함께 쉬는 날이었다. 근처 시장에 있는 식당에서 물닭갈비를 먹으며 대낮부터 막걸리를 두 병씩 마셨다. 미주는 술이 잘 받는 날이라며 곧장 2차를 가자고 했다. 닭갈비 2인분에 우동사리를 추가했고, 밥까지 볶아 먹고 나온 터였는데도, 실비식당 소고기는 염치없이 뱃속으로 잘만 들어갔다. 소주 세 병을 나눠 먹고 나와 길 따라 걷다 보니 이곳이었다.

술 덕분에 무섭지 않다며 발판에 올라 까부는 미주를 놀리고 싶어졌다. 곰곰이 생각하다가 미주의 손을 잡고 유리 난간까지 끌고 간 다음에 작전을 개시했다.

"잠깐. 미주야, 철판에 뭐라고 글자가 찍혀있는데?"

"뭔데?"

"메…… 메이드 인 차이나?"

"꺅!"

농담 한마디에 미주가 소스라치게 놀랐다. 이후 한동안 삐친 채로 있기에 아이스크림을 바쳐 겨우 달랬다. 엄밀하게 따지면 미주야말로 메이드 인 차이나다. 걔네 엄마가 중국 출신이기 때문이다.

그날을 떠올리며 발판 위에 올랐다. 고개를 숙여 바닥을 보니 세차게 흐르는 물과 바위가 보여 아찔했다. 내 추락을 막고 있는 건 얇은 철판 하나. 국산이겠지, 설마. 소변이 마려운 것처럼 아랫도리가 간질간질했다. 이런 사소하고 하찮은 스릴이 좋다.

담배를 입에 물고 구문소 쉼터로 걸어갔다. 벤치에 앉아 담배를 다 피우고 나니 멀리 버스 한 대가 다가왔다. 시내로 가기는 하지만 영동선 기찻길을 따라 빙빙 돌아가는 버스였다. 잠시 머뭇거리다가 정류장으로 뛰어가 손을 휘저으며 버스를 세웠다. 시내까지 30분이면 가는 버스가 있지만 언제 올지 모르는 데다가 아침 햇볕이 꽤 따가웠다.

십만이 넘던 태백 인구는 내가 태어날 무렵 반으로 줄었다. 이제는 4만 명도 간당간당해서 웬만한 군보다 못하다. 장사하는 사람들은 차라리 허울뿐인 '시'를 버리고 '태백읍'으로 내려서 세금이라도 줄여달라고 애원하는 판국이다. 그런데도 빈 버스가 드문 게 미스터리다.

버스에 오르니 승객 다섯 명이 있었다. 등산복 차림의 나이 많은 남자를 빼면 모두 할머니들이었다. 갑자기 출발하는 바람에 엉덩방아를 찧으며 자리에 앉았다. 약한 자는 살아남을 수 없는 야생의 땅, 이곳은 태백이다.

아무리 시골 버스라고 해도 와이파이는 잘 터진다. 무선 이어폰을 귀에 꽂은 뒤 간밤에 보다 말았던 오빠 새끼의 동영상을 마저 보기 시작했다. 어디서 따로 말하는 법을 배웠는지 또박또박한 발음으로 요사스럽게 혀를 굴리는데, 이거 참 듣기가 거북했다. 거기에 다른 사람은 몰라도 내 눈에는 확연히 들어오는, 저 찌질하면서 교만이 묻어나는 표정이라니.

"SNS에서 유명인과 소통하는 것으로 만족을 얻는 사람들도 있습니다. 아니, 상대는 당신이 누군지 모른다고요. 그런 것에 과도하게 몰입하는 성격일수록 사기를 당하기도 쉽습니다."

손바닥을 편 두 손을 앞으로 내미는 모습이 영 부자연스러웠다. 그리고 말은 바로 해야지. 인스타에서 여자 아이돌이 '좋아요' 한 번 눌러줬다고 동네방네 자랑하고 다닌 게 누구인데 이런 소리를 하시나. 양심도 없지. 오빠 새끼가 집을 나간 지 이제 일 년 반. 대체 어디에서 누구를 만나고 살았기에 이렇게 얼굴까지 팔며 사기를 치고 다니는 지경에 이르렀을까.

"다양한 분야에 도전하는 건 저도 응원합니다. 하지만 목적이 오직 돈이라면 우리는 냉정해져야 합니다. 돈이 있는 곳에 사람이 모이죠. 그중에는 몰려든 사람 주머니에 있는 돈을 노리는 피라냐들이 분명히 있습니다. 명심하세요. 쉽게 돈 버는 방법을 얘기하는 사람은 백 프로 사기꾼입니다. 예외가 없어요."

자못 진지한 얼굴이었다. 그래서 더욱 어처구니가 없었다. 그 입에서 돈 버는 방법에 관한 얘기가 나오다니. 평생 돈 벌어 본 적이라고는 알바 조금 한 게 전부인 주제에. 그나마 알바를 한 경력을 다 합쳐도 2년이 채 안 될 것이다.

대학에 들어가면서 태백을 떠난 오빠는 한 달에 한두 번씩 집에 들렀다. 그 무렵 나는 엄마와 단둘이 살고 있었다. 밤늦게 집에 들어오면 엄마는 TV를 켠 채 잠들어 있었고 파김치가 된 나 역시 겨우 씻고 잠들곤 했다. 그랬던 집에 모처럼 오빠가 오면 뭔가 가득 찬 느낌이 들었다. 내내 절인 배추 같던 엄마도 잠시나마 생기를 되찾았다. 그래서 오빠가 오는 날을 기다렸던 게 사실이다.

엄마는 오빠가 집 걱정하지 말고 자신의 인생을 살기를 바랐다. 하지만 오빠는 엄마의 기대에 한 번도 부응한 적이 없었다. 군대 가기 전까지 치킨집, 횟집, 고깃집에서 알바를 했다. 얼마 되지도 않는 월급을 받은 날이면 위세 당당한 표정으로 소주 냄새를 풀풀 풍기며 들어왔다. 한 손에는 치킨이, 한 손에는 맥주가 든 봉투를 든 채.

배 터지게 저녁을 먹고 왔다는 오빠에게 엄마는 기어코 닭 다리 두 개를 모두 쥐여주고는 했다. 입이 짧은 엄마는 뼈 많은 부위 몇 조각만 먹으면 끝이라 나머지는 전부 내 차지였지만, 다리를 못 먹는 게 늘 서운했다. 오빠 혼자 맥주를 마셨는데, 취해서 잠들 때까지 멈추지 않고 들이켰다.

술 취한 아빠와 오빠를 대할 때 엄마의 태도는 확연히 달랐다. 오빠가 어떤 헛소리를 해도 엄마는 다 받아주었다. 오빠의 술버릇은 조금만 기다려 달라며 엄마를 끌어안고 우는 것과 더 강해져야 한다느니 세상이 바뀌고 있다느니 하며 내게 잔소리를 하는 것이었다. 듣기 싫어 쥐어패고 싶어도 엄마 때문에 참을 수밖에 없었다.

엄마가 애써 숨기는 바람에 나중에서야 알게 됐다. 우리 집이 기초생활보장 수급자에서 탈락하며 수렁에 빠진 게 오빠가 받은 그 알량한 알바비 때문이었다는 것을. 그 틈을 타서 아빠가 은근슬쩍 다시 집에 들어왔다. 다 오빠 새끼 때문이다.

자기가 잘못해놓고 집을 휙 나가버렸던 아빠가 그랬듯, 어느 날 오빠는 집을 떠났다. 처음에는 드문드문 안부 전화도 하더니 1년 반 동안 연락조차 딱 끊어버렸다. 그러다 별안간, 뭐? 베스트셀러 작가에, 스타트업 대표, 교수를 가르치는 인기 강사? 이 사기꾼 3관왕 타이틀을 달고 최강천재라는 이름으로 나타나다니. 아니, 나타난 것도 아니다. 내가 발견한 거지. 어제저녁에. 우연히.

버스가 장터 앞 정류장에 멈췄다. 군복을 입은 남자가 올라탔다. 근처에 있는 예비군 훈련장에서 근무하는 사람일 것이다. 바퀴가 있는 쪽 의자에 앉은 그의 뒷모습을 보니 엄마 장례식이 떠올랐다. 군복 차림으로 빈소에 나타난 오빠는 세상 서럽게 울었다. 조금만 더 기다려주지 왜 일찍 가셨느냐며 꺽꺽거리다가 말도 못 할 지경이 되었다. 내 팔자야말로 기구했음에도 그때는 오빠가 딱하게 느껴졌다.

"하나야. 이제 오빠가 달라질게."

장례를 마치고 이틀 더 있다가 부대에 복귀하기 전, 오빠가 진지한 표정으로 말했다. 솔직히 별 기대를 하지는 않았다. 이십 년이 넘도록 함께 지냈으니 오빠의 모든 것을 훤히 알았기 때문이다. 그런데 정말로 그날 이후 오빠는 다른 사람이 되었다. 내 마음에 드는 모습은 아니었다. 차라리 나한테 용돈 받고 심부름하던 때가 나았다.

시내에 들어서자 길거리에 사람이 많이 보였다. 요즘에는 아침부터 강아지와 함께 산책 다니는 여자들이 자주 눈에 띈다. 전날 마신 술 때문에 눈이 퀭한 남자들이 비틀거리며 장칼국수나 해장국집을 찾는 모습도 보였다. 그리고 우리 아빠와 비슷한 사람이 보였다. 잠깐만, 다시 보니 비슷한 게 아니라 우리 아빠가 맞는 것 같았다. 왜 이 시간에 대로변에?

삐이. 하차 벨을 눌렀지만, 버스는 한참 더 가서야 멈췄다. 이럴 때 필요한 건 스피드다. 대체 내가 왜 아빠의 뒤를 쫓을 생각을 했는지는 모르겠다. 아마도 그 인간에 대한 철저한 의심 때문이었으리라.

십여 년 전까지 아빠는 장터에 있는 식당에 식자재를 공급하는 업체에서 조수로 일했다. 돈을 많이 벌지는 못했지만, 그걸로 네 식구가 꾸역꾸역 먹고살았다. 그러다가 갑자기 친구와 사업을 한다며 일을 벌였고, 엄마의 직감대로 뒤통수를 맞았다. 이후로는 밤낮으로 술만 퍼마셨다.

그때부터 가족의 생계를 책임진 것은 엄마였다. 식당에서 일하기 시작하더니 용감하게 경매에도 손을 댔다. 오래된 연립 하나를 시작으로 아파트 여러 채를 낙찰받았다. 낡은 집들이었지만 엄마는 워낙 셈에 밝고 부지런했다. 싸게 사서 깔끔하게 꾸민 뒤 다시 파는 걸 반복하다 보니 제법 쏠쏠해서 식당 일도 그만두었다. 덕분에 오빠와 내가 부족함 없이 학교에 다닐 수 있었다. 가끔 엄마를 따라 도배하러 가는 것도 재미있는 일이었다.

어릴 때야 우리 엄마가 되게 나이 많은 아주머니고, 곧 할머니가 되는 줄 알았다. 이제 와 생각해보면 삼십 대의 젊은 나이였다. 집에만 있는 것보다 밖에 나가서 일하는 게 엄마 체질에 맞았던 것 같다. 아빠 혼자 돈을 벌 때는 취미랄 것도 없던 엄마가 주말마다 산에 올랐고, 디지털카메라를 사서 사진도 찍기 시작했다.

방 두 개짜리 빌라에 살다가 내 방이 따로 있는 단독주택으로 이사한 날은 내 생에 가장 행복한 순간이었다. 그곳에서 중학 시절을 보냈다. 고등학교에 입학한 날에는 태백에 함박눈이 내렸다. 하얀 눈이 소복이 쌓인 마당에서 네 식구가 기념사진을 찍었다. 그리고 그 사진이 우리 식구 네 명이 함께 찍은 마지막 사진이 되었다.

내 튼튼한 하체는 여전히 쓸만했다. 작정하고 달린 것도 아니고 조금 빠르게 걸었을 뿐인데 금방 아빠의 뒷모습이 눈에 들어왔다. 뒤통수만 봐도 기분이 나쁜 게 아빠가 확실했다. 한 손에는 기다란 빗자루를, 한 손에는 쓰레받기를 든 채였다. 엄마가 죽은 뒤로 아빠는 줄곧 아파트 경비원으로 일했다. 그러니까, 근무 중이었던 것이다.

21세기 허생

엄마가 정성 들여서 가꾼 텃밭, 위너 오빠들의 브로마이드로 사방을 도배하다시피 했던 내 방, 흰색 나무 울타리와 빨간색 우체통이 있던 단독주택을 떠나 폐가 뒤에 있는 칙칙한 연립에 살게 된 것 역시 아빠가 원인이었다. 평생 제대로 된 친구 하나 사귄 적 없던 사람이 동창회에 친목계에 학부모 모임까지 나가기 시작할 때부터 낌새가 수상했다. 하지만 엄마는 집에서 술 마시는 것보다 낫다며 용돈을 두둑이 쥐여주었다.

그 용돈은 아빠에게 푼돈에 불과했다. 엄마가 애써 모은 돈을 카지노에 쏟아붓고 있던 것이었다. 우리가 그걸 알게 됐을 때는 이미 집까지 담보로 잡힌 뒤였다. 엄마를 참을 수 없게 만든 건 아빠가 전 재산을 날렸다는 사실보다, 상상 이상으로 무능하다는 것보다, 그의 뻔뻔한 태도와 숨 쉬듯 태연하게 내뱉곤 하는 거짓말이었다. 뜻을 제대로 아는 사자성어가 몇 개 되지 않지만 '후안무치'라는 말은 확실히 안다. 우리 아빠 같은 사람을 가리키는 말이다.

지역 주민의 출입을 제한하는 정책 때문에 태백 시민은 카지노에 들어갈 수 없다. 그걸 피하려고 외지에 주민등록을 하는 사람이 많다는 뉴스가 심심치 않게 나오곤 했다. 함께 저녁을 먹으며 TV 뉴스를 보던 엄마가 아빠에게 분명히 물었다. 당신도 혹시 저런 데 들락거리고 그러느냐고. 아빠는 사람을 뭐로 보고 그러느냐며 버럭버럭 화를 냈다. 나도 또렷하게 기억한다. 그러니 아빠가 카지노에 재산을 탕진한 걸 알게 된 엄마의 배신감이 어느 정도였을지 짐작할 수 있다.

　　"뭘 잘했다고 집에 기어들어 와? 꼴도 보기 싫어! 나가!"

　　엄마가 소리를 내지르며 선전포고를 하자마자 아빠는 대꾸도 하지 않고 휙 집을 나가버렸다. 이십 년 넘게 산 가족이 아니라 담 넘어 들어와 잠시 머물던 길고양이처럼.

　　길바닥에 나앉게 된 판국에 엄마가 겨우 구한 집이 지금 사는 연립이다. 오래도록 사람이 살지 않아 곳곳에 곰팡이가 피고 거미줄이 가득한 곳을 엄마 혼자 정리해서 사람이 살 수 있게 만들었다.

　　"엄마 눈 똑똑히 보고 잘 들어. 나, 너희들 아빠하고 이혼할 거야."

　　오빠와 나를 앉혀두고 엄마가 낮은 목소리로 얘기했을 때 올 것이 왔다는 생각이 들었다. 엄마는 한다면 하는 사람이다. 이제 전과 같이 살 수 없음이 분명했다.

　　우리 남매는 무조건 엄마 편이었다. 엄마가 휴대폰 번호까지 바꾸어 연락이 닿지 않는 아빠를 찾아낼 수 있었던 건 틈만 나면 동사무소에 가서 아빠의 주민등록등본을 뗐기 때문이었다. 이혼이란 게 TV에 나오는 것처럼 법원을 오가며 복잡한 절차를 거치는 일인 줄 알았다. 하지만 엄마는 모든 걸 일사천리로 끝냈다. 분할할 재산이 없으니 위자료와 생활비를 청구해 두었지만, 그걸 아빠에게 받을 수 있다는 기대는 한 톨도 하지 않았던 엄마다.

다시 식당 일을 시작한 엄마가 자꾸 쓰러져서 다치는 일이 잦아졌다. 병원에 가니 평형기능 장애라고 했다. 이비인후과로 시작해 MRI를 찍고 뇌파를 비롯해 온갖 검사를 받았지만 정확한 원인이 나오지 않았다. 원인을 모르니 치료도 할 수 없었다. 집 밖에 혼자 나가는 게 두려운 일이 되어버리자 일을 할 수 없었다. 혼자서 남매를 부양하기 위해 그녀가 알아본 최선은 기초생활보장 수급자가 되는 것이었고, 방학이면 집에 와서 게임만 하던 오빠가 입대하자 엄마와 나, 둘만 집에 남았다.

열일곱 살 계집애들은 영악하다. 내가 수급자라는 걸 어떻게 알았는지, 꼴에 일진 행세를 하고 다니던 무리가 반 애들로부터 나를 따돌렸고, 기어이 대놓고 시비까지 걸어왔다. 이래저래 신경 쓸 것이 많아 골치 아픈 때였기에 긴말도 필요 없었다. 그중 리더인 애부터 시작해 모두를 흠씬 두들겨 패주었다. 어설프게 손을 대면 학폭 위에 끌려간다. 내 얼굴만 봐도 오줌이 찔끔 나오도록 만드는 요령을 나는 잘 알고 있었다. 얼굴을 때리는 건 안 된다. 어설프게 마무리해서도 안 된다.

인간은 압도적 폭력에 굴복한다. 그날부터 학교생활은 편해졌다. 되레 내게 달라붙는 애들이 하나둘씩 생겨났지만 교우 관계 따위에 신경 쓸 겨를이 없었다. 애들은 곧 대학 진학에 매달릴 것이고, 사회에 나가는 건 한참 뒤의 일이었다. 나는 달랐다. 앞으로의 인생이 일이 년 안에 결정되는 상황이었다. 애들은 뚜벅뚜벅 걸어가면 됐지만 나는 사력을 다해 달려야 했다. 속도와 시야는 반비례 관계였다.

"저, 씨발. 지금 뭐 하는 거야?"

내 입에서 또 욕이 나왔다. 누군가 팔짱을 낀 채 아빠 앞을 가로막고 잠시 얘기를 나누었다. 어느새 9시가 다 되었다. 24시간 근무를 마친 경비원이 퇴근할 시간이었다. 그런데도 굵은 컬의 파마머리 여자는 아빠에게 뭔가를 시키려는 눈치였다. 아빠는 쭈뼛거리며 특유의 멍청한 표정, 울음과 웃음이 묘하게 공존하는 표정을 지었다. 여자가 아빠의 팔뚝을 덥석 잡더니 어디론가 끌고 갔다. 조용히 뒤를 따랐다.

아니나 다를까. 경비실에 있던 커다란 택배 박스를 자기 집까지 들어다 달라는 것이었다. 잠시 머뭇거리던 아빠는 등신같이 그걸 번쩍 들고는 여자의 뒤를 따랐다. 구르마가 분명히 있을 텐데도, 굳이. 보통의 주부로는 보이지 않는 여자였다. 민소매로 된 골지 원피스에 알 굵은 선글라스를 끼고 볼캡을 눌러 썼는데, 그런 미시 패션을 소화하기에는 나이가 너무 많아 보였다. 탄력을 잃은 지 오래된 엉덩이, 중력에 굴복한 팔뚝과 뱃살.

영락없이 술집에서 일하는 여자 같았고, 딱 봐도 오십은 넘어 보이는 퇴물이었다. 아빠는 한 번도 집안일을 신경 쓴 적이 없다. 엄마가 아플 때도 자기 손으로 분리수거 한 번 한 적이 없다. 그런데 저 천박해 보이는 여자의 갑질에 좋다고 헤헤거리는 꼴이라니. 그걸 보고 경기를 일으킬 만큼 화가 난 건 아빠에게 전력이 있기 때문이다.

집 나간 아빠를 다시 보게 된 건 시내 유흥가에서였다. 친한 언니가 서울에 일자리를 얻어 태백을 떠나게 되었기에 친목회 멤버 셋이 뭉쳐 송별회를 한 날이었다. 날이 새도록 술을 마신 뒤 24시간 하는 순댓국밥집에서 해장술까지 마시고 헤어졌다. 비틀거리던 둘을 택시에 태워 보낸 뒤 캔 커피를 하나 사서 편의점 야외테이블에 앉아 첫차를 기다리고 있을 때였다.

밤새 영업을 마친 유흥주점들이 셔터를 내리고 있었다. 담배를 피우며 새벽부터 운동하러 나온 노인들을 구경하고 있었는데, 건너편 골목에 어디서 많이 본 뒤통수가 보였다. 순간 술이 확 깨는 느낌이 들었다. 눈을 비비고 다시 보니 노래방 셔터를 내리는 남자가 우리 아빠와 비슷해 보였다. 이윽고 검정 세단 운전석에 앉은 그 남자는 조수석에 있던 굵은 파마머리 여자와 담배를 한 모금씩 나눠 피우다가 부웅 소리를 내며 사라졌다.

집에 들어가 그 얘기를 했더니 엄마는 정색을 하며 위치가 어디냐고 따져 물었다. 온종일 방에서 끙끙 앓던 엄마가 술을 마시더니 아빠를 식칼로 죽이고 자기도 죽겠다고 했던 게 바로 그날 밤이었다. 알고 보니 아빠는 노래방을 하던 과부의 기둥서방이 되어있었고, 엄마도 대충의 소문을 들은 터였다. 내가 뜯어말리자 힘을 이기지 못한 엄마는 기어이 쓰러졌다.

다음날, 도무지 일어나지 못하는 엄마를 데리고 병원에 갔다. 혈압이 250을 넘었다. 퇴원한 뒤에도 계속 병원에 다녀야 했고 혈압약, 수면제, 항우울제를 포함해 수많은 약을 먹어야 하루를 버틸 수 있었다. 바지사장이었던 아빠는 도우미 영업에 대한 책임을 지고 콩밥을 먹었고, 어디서 지냈는지는 몰라도, 조용히 기회를 살피고 있다가 오빠 새끼 때문에 우리 집이 어수선한 틈을 타 쥐새끼처럼 기어들어 왔다.

자신의 운명을 예감했던지, 엄마는 내 결혼식 때 손잡고 들어올 사람이 필요하다며 그 인간을 받아주었다. 가끔 엄마는 오빠한테 비밀로 하는 조건으로 아빠의 과거 행적을 들려주었다. 내게 털어놓으면 가슴에 맺힌 게 조금 풀린다고도 했다. 엄마가 들려준 얘기를 생각하면 아빠는 정말 태어나지 말았어야 하는 인간이다. 엄마에게 가장 한이 됐던 건 눈을 빤히 바라보면서도 거짓말을 하는 것이었다.

천성이 악한 건지, 지능이 낮아서 그런 건지, 사람이 어떻게 입만 열만 거짓말을 할 수 있을까? 그게 뭐 대단하게 숨길 내용인 것도 아니다. 예를 들면 양치했느냐는 일상적인 질문조차 거짓으로 답하기 일쑤였다. 황지천이 오랜 세월 동안 그 두꺼운 구문소 암벽을 뚫고 동굴을 만들 듯, 그의 크고 작은 거짓말은 누구보다 강했던 엄마의 심장을 베고 찔러 끝내 병들게 했다.

엄마가 걸을 수 없는 지경이 되었는데도 진료과목대로 약만 처방해줄 뿐 의사들은 정확한 병명을 말하지 못했다. 납득할만한 병명을 알게 된 건 미주네 오빠가 소개해 준 의사 선생님 덕분이었다. 베트남 파병까지 다녀온 할아버지 의사였다. 엄마는 A4 용지에 빽빽하게 적어 온 자신의 증상을 줄줄이 읊었다. 그걸 묵묵히 끝까지 들어준 의사는 그 할아버지가 처음이었다.

"우리나라 사람한테만 있는 병이야. 화병. 이건 영어로도 화병이라고 불러."

그 말에 엄마의 눈에 눈물이 그렁그렁 고였다. 의사 선생님의 확신에 찬 말투에서 희망을 느꼈기 때문이었을 것이다. 아니면 자기 말을 다 들어준 게 고마워서였거나.

"그냥 숨 쉬고 밥 먹는 것도 죄 불편해. 다리가 무거워서 일어서기도 힘들어. 겨우 일어나면 넘어질까 봐 겁나고. 장 보러 가는 것도 큰일이야. 중간에 쓰러져서 병원에 실려 갈 거 같아서 무섭거든. 음식은커녕 침 삼키는 것도 쉽지 않고. 죽을병에 걸린 것 같은데 병명이 안 나오니 환장하겠고. 맞지? 누구, 남편 때문인가?"

의사 선생님의 말씀에 엄마는 연신 고개를 끄덕였다.

"그 인간 얼굴만 보면 화딱지가 나고, 생각만 해도 숨이 탁탁 막히고. 하루에도 백만 번씩 한숨을 쉬고. 밤만 되면 목이 마르고, 피곤하고, 머리가 지끈거려 환장하겠는데 잠은 안 오고. 갑자기 심장이 쿵쾅거리다가 불규칙하게 뛰기도 하니까 이러다 죽는가 싶은데, 그렇다고 죽지는 않아. 가만히 누워만 있어도 온몸이 아픈데, 병원에 가서 검사하면 의사들은 큰 이상이 없다고 그래. 약만 꾸역꾸역 처방해주고. 이렇게 고통스럽게 사느니 죽는 게 낫다 싶은데 애들 생각하니 그렇게 못하겠고."

"맞아요, 선생님! 맞아요."

엄마가 굵은 눈물을 흘리기 시작했다. 옆에 있던 내가 큰 충격을 받은 건 밖에서 엄마가 우는 걸 처음 봐서가 아니었다. 아프고 힘든 줄은 알았지만, 우리 엄마가 죽음까지 생각했을 정도였다는 말에 놀라서였다. 구십 퍼센트의 미안함과 십 퍼센트의 배신감이 내 가슴 속에서 소용돌이쳤다.

"그래, 울어. 울면 좀 나아지잖아. 맞지?"

"네. 애들 없을 때마다 펑펑 울어요. 그러면 숨이 좀 쉬어져요."

"그래도 잘 버티고 있는 거야. 꼬박꼬박 약 잘 먹고, 술도 안 마시잖아."

진료를 마치고 나왔지만, 먹어야 하는 약이 조금 더 늘어났을 뿐 그 의사 선생님도 엄마의 병을 고치지는 못했다. 하지만 자신의 병을 알아줬다는 것만으로도 엄마는 좋아했다. 그분이 시키는 대로 시내에 있는 신경정신과를 한동안 다녔다. 죽을병은 절대 아니니까 걱정하지 말라던 할아버지 의사의 말과 달리 열두 번째 진료를 앞두고 심장이 멈춰버렸다. 아빠는 장례식장에서도 술만 마셨다. 울지도 않았다.

***

"야, 왜 그렇게 화를 내고 그래?"

"자기야, 지금 분위기 파악이 안 돼? 네년이 지금 그 새끼 편을 들어?"

"아니, 내 말은. 그러니까, 요즘 유튜브 시대잖아."

해가 지자 태백산을 타고 내려온 바람이 솔솔 불어 시원했다. 칼퇴근한 미주를 만나 생맥주를 마시며 드디어 오빠 새끼 얘기를 꺼냈는데, 반응이 신통치 않았다. 페투페에 오기 전에 나는 이미 술을 꽤 마셨다. 아빠 때문에 받은 스트레스를 풀려면 뭐라도 먹어야 했다. 황지성당 근처 식당에 가서 아점으로 장칼만두를 먹었다. 반주로 가볍게 소주 한 병을 비우니 그제야 피가 좀 도는 것 같았다.

식당에서 나오니 배는 불렀지만 난감했다. 오전조인 미주가 퇴근하는 네 시까지 대략 여섯 시간을 혼자 때워야 했기 때문이다. 나는 카페에서 죽치는 성격이 아니다. 고민 끝에 찜질방에 가서 사우

나를 하고 잠깐 자고 나오니 그새 또 배가 고파졌다. 롯데리아에서 산 햄버거 하나와 편의점에서 산 맥주를 달랑달랑 들고 공원에 갔다. 우체국 뒤쪽으로 새로 지은 공원에는 사람이 거의 없어서 눈치 안 보고 낮술을 마실 수 있었다.

수입 맥주 네 캔을 다 마셨는데도 시간이 한참 남았다. 터덜터덜 걸어서 모텔촌 뒷골목에 있는 동동주 집에 갔다. 다른 곳보다 일찍 문을 여는 곳인데, 보통 여섯 시가 넘어야 손님들이 들어온다. 예상대로 가게는 텅 비었고, 사장님 혼자 주방에서 졸고 계셨다. 동동주 한 주전자를 시켰다. 모처럼 찌그러진 잔으로 동동주를 마시니 기분이 좋았지만, 개뿔, 곧바로 잡쳐버리고 말았다.

오 년을 작정했으나 겨우 삼 년.
이제 풍운을 품고 서울로 간다.
채강천.

벽을 새까맣게 채운 수많은 낙서 중에 하필 오빠 새끼가 쓴 오글거리는 글이 눈에 들어왔다. 미주를 볼 때까지는 오빠 생각을 하지 않으려고 했는데. 가게 밖 공중전화 부스 앞에서 쭈그리고 앉아 담배를 피우고 들어왔다. 일 마치고 출발했다는 미주와 메시지를 주고받으며 술을 다 비웠다. 두부구이에 동동주 하나, 딱 만원이 나왔다.

한동안 길거리건 식당이건 술집이건 가리지 않고 황지 주변에 사람이 너무 많았다. 선거철이었기 때문이다. 몰락하는 곳일수록 선거철에 특히 시끄럽다. 페투페는 모처럼 조용했다. 나 역시 조용하고 우아한 대화를 나누고 싶었지만 미주의 반응이 내 언성을 높였다.

"난 너네 오빠가 21세기 허생 같다고 생각했어."

"허생? 그건 또 누구야? 허영생 아저씨는 아는데."

"기억 안 나? 수업 시간에 배웠는데."

미주 말을 들어보니 허생은 조선 시대 소설의 주인공이다. 찢어지게 가난한 집에서 글공부만 하다가 아내가 바가지를 긁자 집에서 나가더니 시장을 독점하는 방식으로 부자가 됐단다.

"내가 허생은 몰라도 오빠 새끼는 잘 아는데, 사기에 걸린 거야."

"난 모르겠어. 강천이 오빠 똑똑한 사람이잖아."

"미친년. 똑똑한 사람은 너네 오빠 같은 사람한테 하는 말이지. 채강천은 '황지 꼴통스' 명예의 전당에 올려야 될 놈이야."

미주는 나와 함께 '황지 꼴통스' 모임을 만든 장본인이다. 전문대를 졸업하고 강원랜드에 붙어 있는 호텔에서 일하고 있다. 호텔리어 경력을 쌓으라고 아버지가 꽂아준 자리다. 미주가 금수저인 건 분명하다. 걔네 아버지가 벌인 큰 사업만 해도 한두 개가 아니다. 태백은 물론 정선과 강릉 등지에 빌딩 여러 채를 지은 건물주이기도 하다. 그런 집 딸내미가 왜 우리 오빠를 왜 좋아하는지 모르겠다.

이 카페에 단점이 있다면 호출 벨이 없다는 것이다. 가게 문을 열고 들어가 500cc 생맥주를 주문하고 다시 자리에 돌아오기를 수차례 반복했다. 안주도 벌써 다섯 개째를 시켰다. 먹는 진도는 빨랐지만, 미주와의 대화는 영 진도가 나가지 않았다.

"야, 네가 오빠 새끼한테 카톡 좀 해봐."

"내가? 에이, 그건 좀 그런데."

"지랄. 내놔 봐."

미주의 휴대폰을 빼앗았다. 가느다란 팔뚝의 녀석은 무력으로 내 상대가 되지 못했고, 우리는 서로의 휴대폰 잠금 패턴을 알고 있었다. 가뿐히 제압한 뒤 메시지 앱을 열었다.

> 오빠. 요즘 어떻게 지내요?

손발이 오글거렸지만, 꾹 참고 메시지를 보냈다.

답장이 오기를 기다리며 맥주잔을 기울이고 있는데, 아까부터 우리를 힐끗거리며 혼자 맥주를 마시던 남자가 말을 걸어왔다.

"저기요. 뭐 좀 여쭤봐도 될까요?"

딱 봐도 나이 차이가 상당할 텐데 감히 작업을 걸어오다니. 우리가 우습게 보이나 싶었다. 이런 시골에서는 누구나 십 년은 먼저 늙게 마련이지만, 그래도 우리는 아직 파릇파릇한 이십 대 초반이다. 상대는 딱 봐도 삼십 대 후반? 아니면 사십 대? 무신사에서 산 것 같은 반바지에 아이유가 광고하는 뉴발 운동화를 신었지만 내 눈을 속일 수는 없다.

"무슨 일이신데요?"

서비스업 종사자라 고객 응대하는 게 몸에 밴 건지, 미주가 상냥

한 표정을 지으며 미와 파를 지나 솔 정도의 톤으로 대꾸했다.

"혹시 여기 분이신가요?"

"네? 네. 저희 태백 사는데요."

"아. 말투 듣고 경상도에서 여행 오신 줄 알고요."

아직 취할 만큼 마시지도 않았는데, 미주가 깔깔대며 웃기 시작했다. 나는 도무지 이해되지 않았다. 대체 이 말이 뭐가 웃긴단 말인가? 경북 말투랑 비슷하다는 얘기 한 두 번 듣나? 게다가 정작 경북 사람하고 얘기해 보면 태백 말투와 영 다른데.

"어? 잠시만요."

미주가 내 앞에 두었던 자기 휴대폰을 다시 가져갔다. 오빠에게서 답장이 왔기 때문이다. 미친놈. 내 연락은 그렇게 씹더니 미주 번호로 연락하니 대번에 반응을 보인다. 우리 집 남자들이 이렇다. 여자라면 환장한다.

"뭐래?"

"나는 잘 지내. 너도 잘 있지? 라고 왔어."

"그게 끝이야?"

"응. 뭐라고 답장할까?"

미주의 말에 고개를 저은 뒤 손을 내밀었다.

"답장은 무슨. 다시 줘봐."

"왜? 안 돼!"

"안 되기는, 시발아. 돼!"

미주의 휴대폰을 빼앗았다. 오빠 번호를 입력해 통화 버튼을 눌렀다. 그런데, 잠깐. 화면에 뜬 수신자 이름에 하트 이모티콘이 있었다. 요망한 것. 심지어 그게 다가 아니었다.

"뭐? '우리' 강천 오빠? 우리이?"

"아, 맞다. 나 화장실 좀 다녀올게."

"어딜 가, 이년아!"

살기를 느낀 미주가 다급하게 자리를 피했다. 신호음이 몇 번 울린 뒤에 드디어 오빠 새끼가 전화를 받았다.

"우리 강천 오빠, 안녕?"

"어? 누구세요?"

"야, 너는 네 동생 목소리도 몰라보냐?"

"하나구나. 별일 없지?"

당연히 미주 목소리를 생각했을 텐데 내 목소리가 들리니 당황할 줄 알았다. 그런데 이게 웬걸, 나와 최근까지 연락을 주고받은 양 태연한 목소리였다.

"별일? 멋대로 집 나가놓고 별이일?"

"오빠랑 약속했잖아. 뜻을 이룰 때까지 기다려주기로."

"지랄. 네가 이루겠다던 뜻이란 게 고작 사기 치는 거였냐?"

"사기? 하나야, 오빠가 말했잖아. 구종점 동동주집에서. 그걸 잊어버린 거야?"

놈의 입에서 튀어나온 가게 이름을 듣자 잃어버렸던 퍼즐 하나가 떠올랐다. 미주를 만나기 전 혼자 동동주를 먹었던 그곳. 그래, 거기서 술 먹은 다음 날, 오빠 새끼가 서울에 올라갔지. 둘이서 동동 주를 마셨는데, 이미 황지 꼴통스와 함께 술깨나 먹은 뒤에 만난 거라서 가물가물하다. 그 낙서도 그날 했던 것 같다.

"몰라. 그래서. 언제 돌아올 건데?"

"아직 대업을 이루지 못했어. 조금만 기다려."

"조금만? 야! 확실하게 말해! 그게 대체 언제…….."

오빠가 멋대로 전화를 끊어버렸다. 이런 면까지 어쩌면 아빠를 똑 닮았을까. 아빠는 늘 자기 할 말만 하고 땡이다. 얼굴 보고 대화를 하건 전화 통화를 하건. 상대의 말을 제대로 듣는 법이 없다.

돌아온 미주가 내 눈치를 살피며 조심스럽게 자리에 앉았다.

"오빠랑 통화했어?"

"씨발, 끊었어! 미친 새끼가."

"다시 해봐."

통화 버튼을 눌렀지만, 연결이 되지 않아 삐 소리 후 소리샘으로 연결된다는 멘트만 나왔다.

"이놈 보게. 그새 차단했어? 존나 쿨하네."

"내 번호를? 에이, 설마. 방해금지모드겠지."

"이거, 야, 이 인간이 완전히 정신이 나갔어. 내가 내일 꼭 잡아 온다."

"그 넓은 곳에서 오빠가 어디 있을 줄 알고. 서울에서 김 서방 찾기란 말 알아, 너?"

피식. 웃음이 새어 나왔다. 얘는 내가 우리 오빠 머리 꼭대기에 있다는 걸 모른다.

미주를 만나기 전, 찜질방에서 뒹굴뒹굴하다가 오빠가 만들었다는 스타트업의 정보를 찾아보았다. 어려운 일은 아니었다. 동영상 채널 정보에 회사 홈페이지 주소가 있었다. 그곳으로 이동하니 맨 아래에 사업자등록번호와 회사 주소가 나왔다. 회사 대표 이름이 우리 오빠 이름과 달랐다. 그러면 그렇지.

함께 자란 남매는 서로에 대한 거의 모든 걸 안다. 오빠는 참을 성이 없고 그릇이 작다. 대신, 지금껏 나쁜 말만 했지만, 능력 없고 등신 같은 놈이기는 해도, 착한 거 하나는 인정해야 한다. 그러니 내가 빨리 구해야 한다. 콩밥 먹는 건 아빠 하나로도 족하니까.

"내일 머리끄덩이 잡아서 끌고 올 테니까 두고 봐."

오빠 새끼를 잡으러 갈 생각을 하니 절로 웃음이 나왔다. 한동안 딱히 특별할 게 없던 내 삶에 모처럼 일탈을 위한 핑계가 생겼기 때문이었을까.

아침 열 시에 시작한 반주부터 계산하면, 중간에 쉬었다고 해도, 열두 시간이 넘게 마셨다. 웬만해서는 취하지 않는데 제법 알딸딸 했다. 술 동무를 해주던 미주는 새벽에 출근해야 하기에 먼저 자리에서 일어났다. 나는 자정 넘어서까지 마셔도, 때로는 밤을 지내며 들이부어도, 너끈히 첫차로 집에 갔다가 통근버스를 타고 출근해서 멀쩡한 척 일하는데, 애는 근성이 부족하다.

　그때까지 먹은 건 모두 미주가 계산하고 갔다. 사장 언니에게 부탁해 테이블을 말끔히 치우자 왠지 홀가분한 마음이 들었다. 가게 근처 골목에 가서 담배 한 대를 피우고 오니 주문한 황도와 생맥주가 놓여 있었다. 새로운 마음가짐으로 시원한 생맥주를 목에 들이부었다. 캬아. 꿀 같은 이틀 휴가의 반이 이렇게 저물다니.

***

　술 때문이었을 거다. 나는 원래 감정 기복이 없다. 신세 한탄하는 사람이 가장 한심하다는 게 평소의 생각이다. 그런데 문득 내 인생이 서글프다는 생각이 들었다. 다른 애들처럼 대학에 다닐 생각은 애초에 없었다. 흰색 블라우스에 정장 치마를 입고 또각또각 소리를 내며 걷는 커리어우먼 같은 인생 대신 폼은 안 나더라도 내실 있게 살기로 치밀한 인생 계획을 짰다.

　그런데 이게 뭔가. 뭔가 좀 순탄하다 싶을 때마다 태클이 들어오는 것도 한두 번이지. 황금 같은 휴가에 오빠 새끼 잡으러 출동해야 하는 팔자라니. 혹시 큰돈을 물어줘야 하는 상황이면 어떻게 해야 할까. 적금 만기도 아직 멀었는데. 오빠 새끼 인생도 딱하다. 아빠의 무능함까지 이어받았다니. 그놈도 오죽 답답했으면 그런 일을 하게 됐을까. 왈칵 눈물이 나올 것 같았다.

생맥주 한 잔을 더 마셨다. 모든 원인은 아빠 때문이다. 결혼할 자격도 없는 사람이 애를 낳아놓으니 자식들이 이 꼴로 살게 된 거다. 아니, 어찌 보면 오빠 때문이다. 그놈이 덜컥 엄마 뱃속에 들어서지 않았으면 엄마같이 곱게 자란 사람이 아빠 같은 인간하고 결혼하지 않았겠지. 나도 안다. 억지다. 하지만 내게는 원망할 대상이 필요했다. 아빠는 그 대상이 될 자격조차 없다. 죄의식이 없는 사람이기 때문이다.

황도를 숟갈로 떠먹고 있는데 중년 남녀가 팔짱을 낀 채 하하호호 거리며 걸어가는 모습이 보였다. 불륜 커플 같았다. 노래방 여자의 기둥서방을 했던 아빠도 저러고 다녔을 것이다. 기사 노릇까지 하면서 얼마나 비위를 맞춰주었을까. 곱디고운 엄마한테는 성질만 부리던 인간이 어디서 그딴! 아침에 봤던, 이상한 여자의 택배를 날라주며 히죽거리던 모습마저 떠오르자 더욱 화딱지가 났다.

저급한 여자 취향까지 아빠를 닮지 않은 건 다행이지만, 오빠가 여자들한테 은근히 인기가 많은 게 늘 꺼림칙했다. 날씬하고 길쭉한데다가 봐줄 만한 얼굴이라는 걸 아는지, 여기저기 끼를 부리고 다녔다. 횟집 알바 몇 달 하면서 곁눈질로 회 뜨는 걸 배웠고, 고깃집에서 숯불 피우고 고기 자른 경험으로 남들보다 고기를 잘 굽기는 한다. 그런데 왜 그걸 잘 알지도 못하는 여자들을 위해 봉사하는 데에 써먹느냐고.

오빠가 친구들과 동해항에 낚시하러 갔을 때였다. 친구들이 잡은 물고기를 곧바로 손질하는 오빠 모습을 보고 옆에 있던 여자들이 자기들이 잡은 것도 회를 떠달라고 부탁했고, 그 보답으로 술을 샀다나? 그중 하나가 회 뜨는 동영상을 찍어 온갖 효과를 넣어 편집하고 '회뜨남'이라는 태그와 함께 인스타에 올렸다. 여자 아이돌이 '좋아요'를 눌러준 것을 시작으로 그 동영상은 대박이 났다. 몇 달 뒤에는 또 '고굽남'이란 이름으로 한동안 떠들썩했다.

"저기요. 지금은 잠깐 얘기할 수 있을까요?"

옆에서 오빠 목소리가 들려서 순간 깜짝 놀랐다. 아까 미주와 있을 때 우리에게 말을 걸었던 아저씨였다. 오빠와 비슷한 저음이었다. 먹태 하나를 놓고 여태껏 혼자 맥주를 마시고 있었다.

"무슨 얘기요?"

"제가 취재하러 태백에 왔는데요. 들를 곳은 다 정해놨고, 숙소도 잡았는데, 식당을 알아보지 않았어요. 근처에 해장하기 좋은 식당 없나요?"

이건 또 무슨 개수작인가 싶어 그 남자를 훑어보았다. 눈이 살짝 풀린 것 같았지만 눈빛은 살아있었고 말투도 멀쩡했다. 미주 꼬셔보려고 말을 걸었던 게 아니었나? 정말로 맛집 물어보려고 그랬던 거야? 적어도 양아치 같지는 않아 보여서 대답을 해주었다.

"지도 앱에 '아우라지'라고 쳐보세요. 장칼국수라고 아세요?"

"아, 그거 강릉에서 먹어봤는데. 괜찮나요?"

"거기랑 달라요. 감칠맛이나 매운맛은 덜한데 촌스럽고 투박해요. 보다 강원도답다고나 할까?"

"보다 강원도답다? 멋진 표현이네요."

멋진 표현이라는 말을 들어본 건 살면서 처음이었다. 이후로 몇 마디를 더 나누면서 나는 그 아저씨를 향했던 경계를 풀었다. 말만 가지고 그 사람을 다 알 수는 없겠지만, 교양과 품격이란 게 느껴졌고 남에게 해를 끼칠 사람이 아니라는 확신도 들었다.

학창 시절에도 그랬지만, 공장에서 일하면서부터는 낯선 사람에게 마음을 여는 게 더욱 꺼림칙했다. 언제 그만둘지 모르는 사람과 정서적 유대감 같은 걸 쌓는 게 헛된 일이라는 걸 연거푸 깨닫게 되어서다. 게다가 사소한 말실수 하나가 약점이 되기도 한다. 그걸 빌미로 틈만 나면 조롱하고 깐죽거리는 양아치들을 워낙 많이 봤다.

그 아저씨는 어림잡아 키가 180센티는 되는 것 같았지만, 체중은 나보다 훨씬 덜 나가 보였다. 앉은 자세와 근육의 모양을 보니 코어가 탄탄하긴 해도 전문적으로 운동을 한 사람은 아니었다. 만에 하나 불미스러운 일이 생겨도, 혹여 '선빵'을 맞더라도, 내 힘으로 충분히 제압할 수 있다는 뜻이다.

몇 미터 거리를 두고 그 아저씨와 대화를 나누다가 나중에는 내가 답답해서 그의 곁으로 자리를 옮겼다. 내 몸에서는 찜질방에서 바른 아르드포 로션 냄새가 났는데, 그에게서는 은근하면서 고급스러운 향수 냄새가 났다. 나중에는 무슨 향수를 뿌린 거냐고도 물어봤던 거 같다.

실로 오랜만에 취했고, 깨어보니 집이었다. 택시를 타고 왔을 텐데 결제한 기억이 없다. 아빠는 또 옷을 대충 던져둔 채 이불도 안 개고 출근했다. 목이 말라 냉장고 문을 여니 웬 닭가슴살이 한가득 들어있었다. 고등학교 이후로 내가 절대 먹지 않는 음식이라는 걸 아빠가 모를 리가 없다. 그걸 까먹고 그냥 사 올 만큼 멍청한 사람이기도 하지만.

내 직감이 이 닭가슴살의 출처를 알려주었다. 그 여자다. 아파트에서 아빠 팔을 붙잡고 끌고 갔던. 자기가 들기에는 택배 박스가 너무 커 보이니 만만한 경비원에게 날라 달라고 부탁하고 보답이라며 줬을 것이다. 이걸 받고 아빠는 또 좋다고 집에 들고 온 거다. 내가 절대 먹지 않는 음식인 걸 떠나서, 시꺼먼 곰팡이가 피어있는데도. 포장지를 살펴보니 내 짐작대로 유통기한이 한참 지난 제품이었다.

"이런 미친년이! 씨발!"

물을 마시고 현관 쪽을 보니 뭔가 낯선 물체가 있었다. 다가가서 유심히 보니 액정이 달린 전자제품이었다. 입에서 또 욕이 나왔다. 자동차 블랙박스였다. 한두 번도 아니고, 누가 폐기물로 버린 걸 또 주워온 것이다. 차도 없으면서. 이 좁은 집에 고장 난 안마의자를 들여놓아서 엄마 속을 뒤집어 놓은 적도 있다.

아, 그때 엄마를 말리지 말았어야 했다.

고작 4kg이라는 무게

오랜만에 필름이 끊길 정도로 마셨다. 찬물로 샤워를 하니 그나마 정신이 들었다. 서울에 갈 채비를 한 뒤 버스를 타고 시외버스터미널에 내렸다. 동서울 터미널로 가는 버스는 자주 있으니 배부터 채우기로 했다. 분식집을 향해 걸어가면서야 깨달았다. 세 정거장 전에 내렸으면 됐는데, 버스로 지나온 길을 되돌아가고 있다는 걸.

그래도 갈 곳을 명확히 알고 있다는 게 중요하다. 신발을 벗고 들어가 바닥에 털썩 앉아 쫄면에 비빔만두를 시켰다. 쫄면을 반쯤 먹다 서울까지 가는데 든든하게 먹어야겠다 싶은 생각이 들어서 김밥 한 줄도 추가했다. 식당에서 나와 다시 터미널로 향했다. 목이 말라 아이스 아메리카노 한 잔을 사서 매표소 앞에 설 때까지는 여유가 있었다. 서울 가는 버스가 오 분 뒤에 출발한다는 것을 알기 전까지는.

그 버스는 오전에 운행하는 것 중 유일한 일반버스였다. 한 시간 반 뒤에 오는 버스부터는 우등고속이었다. 상황이 달라졌다. 얼음이 반쯤 녹을 때까지 천천히 마시는 커피 한 잔의 여유도 좋지만, 칠천 원을 아낄 수 있다는 건 중대 사항이다. 뚜껑을 열고 커피를 급하게 마셨다. 얼음이 목구멍에 걸려서 하마터면 큰일 날 뻔했다.

결과적으로 이 선택은 잘못된 것이었는데, 버스가 제천을 지날 때부터 오줌이 마려워지기 시작했기 때문이다. 미리 화장실에 들러두지 않은 것도 문제였지만 커피를 '폭풍 드링킹' 한 게 결정적이었다. 자꾸 풀리려 하는 수도꼭지를 케겔 운동으로 틀어막으며 버텼다. 서울에 도착했을 때는 거의 실신 상태였다.

선릉역에서 나와 역삼역 방향으로 걷기 시작했다. 서울특별시 강남구 테헤란로. 우리 오빠 회사가 있다는 곳이다. 주식회사 럭셔리브레인. 이름부터 사짜 냄새가 물씬 풍겼다. 그다지 서울 같지 않은 동서울 터미널과 달리 강남은 낯설었다. 어릴 때는 높은 빌딩 숲이 멋있다고 생각했다. 메케한 공기마저 도시의 낭만이었다. 다시 찾은 이곳은 어지럽고 숨이 막히는 지옥처럼 느껴질 뿐이다. 이곳에 오빠 새끼가 있다.

고속버스 안에서 소변을 꾹꾹 참아가며 공정거래위원회 사이트에 들어가 오빠 회사를 검색해봤다. 통신판매업으로 신고가 되어있었고, 대표자 이름은 진동호, 회사 홈페이지에 적힌 것과 같았다. 진동호라는 이름으로 검색을 해보니 동명이인이라고 추측되는 사람들만 나올 뿐 '럭셔리브레인의 대표이사 진동호'라는 정체성을 알려주는 정보는 없었다. 내 이럴 줄 알았다.

조금 걷다 보니 맥도날드가 보였다. 잠깐 망설이다가 매장 안으로 진격했다. 어차피 점심을 먹긴 해야 하니 이왕이면 태백에서는 맛볼 수 없는 미국 본토 음식이 낫다는 생각이었다. 문을 열고 들어가니 무슨 이케아 매장—가보지는 않았지만—인 양 엄청 넓었다. 회사원들 점심시간이 끝날 무렵이었는데도 자리가 반이 넘게 차 있었다.

느려터진 키오스크 때문에 짜증이 났다. 일부러 복잡하게 단계를 꼬아놓았나 하는 의심까지 들었다. 메뉴를 고르고 결제를 마칠 때까지 오 분이 넘게 걸렸다. 간단히 요기나 하자는 생각으로 라지 세트 하나만 주문했다. 사이드 메뉴는 감자튀김 대신 코울슬로로 바꿨다. 롯데리아에는 없는 거니까.

자리에 앉아 알바생들이 음식을 준비하는 모습을 구경하며 휴대폰을 만지작거렸다. 그런데 이게 뭐람, 바로 옆에 버거킹 매장도 있었다니. 역시 서울이고, 과연 강남이다. 지금껏 딱 한 번 먹었던 와퍼의 맛을 생각하자 곧 나올 햄버거가 시시해졌지만 실망할 것까지는 없다. 기초대사량이 높으니 금방 배가 꺼질 것이다. 오빠 새끼 후딱 잡은 다음에 먹으러 가면 된다.

패스트푸드답게 빠르게 나왔고, 빠르게 해치웠다. 얼마 남지 않은 콜라를 마시며 강남 사람들을 구경했다. 한껏 차려입은 사람, 동네 마실 나온 것처럼 편안하게 입은 사람, 모두 제각각이었다. 이런 곳에서 인상을 찌푸리거나 굳은 표정인 시골 사람들과 달리 다들 여유로워 보였다. 하지만 나는 안다. 서울 사람들이 얼마나 퍽퍽하게 사는지. 장사꾼들이 점령한 맘카페 대신 해당 지역 사람들이 사는 실상을 제대로 볼 수 있는 곳이 있으니, 바로 부동산 직거래 커뮤니티다.

낡은 연립을 떠나 방 세 칸이 있는 집으로 이사할 계획을 세운 건 꽤 오래전이다. 이제 그때가 가까워져 오고 있다. 오빠 새끼가 큰 사고를 친 것만 아니라면. 포털의 부동산 서비스와 휴대폰 앱도 자주 살펴보지만, 직거래 커뮤니티만의 재미가 있다. 사람들이 집을 어떻게 꾸며놓고 사는지 엿볼 수 있기 때문이다.

태백은 매물이 잘 나오지 않기에 다른 지역을 살펴보다 서울 지역 게시판까지 들어갔는데, 세상에, 태백 시내에서 보증금 300만 원에 월세 30만 원 정도 하는 다세대 주택 투룸이 보증금 1,000만 원에 월세 75만 원이었다. 심지어 강남도 아니었고 옵션 하나 없었는데. 돈이 모이니 사람이 모이고, 사람이 모이니 쓸데없이 집만 비싸진 곳이 서울이다.

서울 지역 게시판은 글이 가장 많이 올라오는 만큼 댓글 보는 재미도 쏠쏠하다. 보증금 조정 할 수 있느냐는 문의가 제일 많다. 다음으로 전세 대출이나 반려동물이 가능한지 묻는 댓글 순이다. 사진 좀 보내 달라는 요청, 아직 방 안 나갔느냐는 질문, 주차에 대한 문의도 심심치 않게 볼 수 있다. 가슴이 착잡해지게 만드는 댓글도 있다. 최근 본 것 중 기억에 남는 건 반지하 원룸이며 반려동물은 안 된다는 게시물에 남긴 댓글이다. "아기랑 같이 살 수 있을까요? ㅠㅠ."

바닥에 남은 콜라를 마저 마시느라 고개를 처박고 있는데 주변이 시끌벅적해졌다. 둘러보니 한 무리의 남자아이들이 들어와서 정신없이 떠들고 있었다. 가슴에 학교 이름이 박힌 야구 유니폼을 입은 중학생들이었다. 대낮에 얘네가 무슨 일로 이곳에 있는지는 내 관심사가 아니었다. 아이들의 표정이 궁금했다. 이 중에 성인이 되어서도 야구를 할 수 있는 건 한 두 명일 것이고, 아이들도 그걸 안다.

"야, 조용, 조용!"

뒤늦게 들어온 어른 목소리가 들렸다. 그의 말에 아이들이 금방 입을 다물었다. 야구부 감독임이 분명했다. 아이들은 어느새 다들 열중쉬어 자세를 하고 있었다. 저 나이대의 나도 그랬다. 겉도 속도 아직 어리지만, 미래가 불투명하다는 것쯤은 아주 잘 알고 있었다. 인생에서 승부를 걸어야 하는 시점이, 또래 아이들보다 훨씬 빠르게, 코앞으로 다가왔다는 것도.

내가 운동을 시작하게 된 것도 다 오빠 새끼 때문이었다. 개교기념일이어서 집에서 뒹굴뒹굴하던 내게 엄마가 심부름을 시켰다. 초등학생이었던 나는 교복 입은 오빠들로 가득한 중학교에 가는 게 신났다.

오빠는 육상부였다. 섬유유연제 냄새가 폴폴 나는 운동복이 든 쇼핑 봉투를 들고 트랙에서 스타트 연습을 하던 오빠에게 다가갔다. 집에서는 자기가 되게 어른인 양 으스대던 독재자 오빠도 운동부에서는 순한 양이었다. 오빠에게 운동복을 건네주고 스탠드에 앉아 연습을 지켜보았다. 오빠는 단거리 종목 선수였는데 성적은 신통치 않았다.

"애, 강천이 동생! 너 이리 좀 와봐라."

가만히 앉아 있던 내게 한 아저씨가 손짓을 하며 오라고 외쳤다. 육상부 감독님이었다. 그에게 다가가니 대뜸 내 몸을 더듬기 시작했다.

"오. 이 녀석 좀 보게. 너는 운동할 몸이다."

그가 내 종아리부터 팔뚝까지 만지작거릴 때는 경매장에 끌려온 소 취급당하는 기분이 들어 불쾌했는데, 자꾸만 감탄하며 칭찬을 하니까 이게 뭔가 싶어서 어리둥절했다.

"어머니 집에 계시지?"

"네."

"그래. 앞으로 나랑 자주 보자."

그렇게 사소한 계기였다. 그날 감독님은 우리 엄마와 길게 통화를 했고, 이어서 우리 초등학교에도 전화를 걸었다. 엄마는 수업을 빼먹지 않는 조건으로 운동하는 걸 허락했다. 졸지에 운동선수의 길로 들어섰다.

태백에서 운동 좀 한다는 애들은 종목이 정해져 있다. 남자는 축구, 여자는 핸드볼이다. 그런데 육상이라니, 시작부터 고생문이 훤

했다.

초등학교 육상부는 달리기 빠른 애들만 모아놓은 곳이었다. 키가 작지만 다부진 애들이 조금 있고, 나머지는 키가 크고 비쩍 마른 애들이었다. 체형만 봐도 죄다 트랙 종목 위주였다. 오빠의 감독님이 나를 눈여겨봤던 이유는 필드 종목, 그중에서도 투척 쪽에 소질이 있다고 판단해서였다. 트랙 종목은 누가 빨리 달리는지 겨루는 것이다. 필드 종목은 위나 앞으로 뛰는 것과 멀리 던지는 것으로 나뉜다. 나는 던지는 쪽이었다.

투척 종목은 던지는 대상이 무엇이냐에 따라 포환던지기, 원반던지기, 창던지기로 나뉜다. 그중 원반과 창을 던지는 경기는 중학생부터 참여할 수 있다. 초등학교 육상 경기의 투척 종목은 투포환만 있다. 2.135m의 원 안에서 금속으로 만든 포환을 던지는 운동이다. 여자의 경우 초등학교 때는 3kg짜리를 던지다가 고등부부터 4kg을 던진다. 작은 사과 크기라 우습게 보여도 9파운드짜리 볼링공과 맞먹는다.

포환 던지는 모습을 처음 봤을 때 들었던 생각은 왜 저렇게 힘든 자세여야 하냐는 것이었다. 알고 보니 던지는 방식에 엄격한 규정이 있어서였다. 야구공을 던지는 것과는 메커니즘이 전혀 다르다. 포환을 턱 아래에 댄 뒤 밀어서 던지는 건데, 한 번만 해보면 세상 불편한 방식이며 엄청난 힘이 필요하다는 걸 금방 알 수 있다. 육상 선수인데 몸집이 헤비급이라면 구십 프로 투포환 선수다.

우리 초등학교의 유일한 투포환 선수가 된 나는 시 대회에 나가 우승만 두 번 했다. 6학년 때는 전국소년체육대회에 나가서 은메달을 땄다. 그렇다고 해서 뭐 주목받는 투포환 신동 같은 것과는 거리가 있었다. 이미나, 박세리 같은 선수의 초등학교 기록과 내 것을 비교하면 차이가 컸다. 초등학교 육상부 애들은 대개 종목을 가리지 않고 여러 곳에 출전한다. 특히 포환던지기는 기본 스텝조차 익히지 못한 채 경험 삼아 참가한 선수가 많았다.

육상에 입문한 지 3년 뒤에 나는 중학교에 들어갔고, 나를 육상에 입문하게 했던 감독님에게 지도를 받게 됐다. 본래 진득하게 뭘 파고드는 인간이 아니었던 오빠는 육상을 포기하고 인문계 고등학교에 갔다. 술 냄새를 풍기는 일이 잦았던 감독님이 미덥지 않기도 했는데, 그의 교육은 의외로 체계적이었다. 초등학교 때와 달리 근육을 강화하는 것에 중점을 두며 다양한 훈련을 했다. 트랙 종목 선수들과 함께 뛰고 달리며 민첩성도 키웠다.

무거운 포환을 던지다 보면 손목이 저리고 허리가 끊어질 듯 아픈 경우가 다반사다. 그만두고 싶을 때가 한두 번이 아니었지만, 기록을 경신하는 재미에 푹 빠졌다. 게다가 키가 쑥쑥 자라면서 어느새 170센티가 넘어버렸다. 부모님과 달리 오빠와 나는 어릴 때부터 또래보다 컸다. 고무된 감독님이 나를 병원에 데리고 가서 성장판 검사를 받게 했다. 182센티까지 자랄 것이라는 의사의 말에 겁이 나기도 했는데, 다행히—혹은 불행히—중간에 성장이 멈췄다.

큰 키에 근육까지 붙자 또래 중에는 나를 이길 애들이 없는 지경에 이르렀다. 그동안 구체적 목적 없이 관성적으로 운동을 했는데, 이제 뭔가 하나둘씩 눈앞에 나타나기 시작했다. 2학년 때는 핸드볼 종목에서 스카우트 제의를 받기도 했다. 무엇보다 컸던 건 3학년으로 올라가면서 국가대표 상비군이 된 것이었다.

방송국에서 나를 찾아온 적도 있었다. 인천에서 열리는 아시안게임을 앞두고 만드는 특집 방송에서 차세대 육상 꿈나무로 소개됐다. 훈련하는 장면을 찍을 때는 수많은 사람이 모여든 데다가 카메라가 앞에 있어서 늘 하던 것도 긴장됐다. 길게 인터뷰도 했는데 방송에는 짧게 나왔다.

방송 말미에는 아시안 게임 육상 해설자도 등장한다. 그는 이명선 선수가 2000년에 세운 한국 기록을 깰 수 있는 유일한 선수가 나라고 했다. 하지만 그해 여름 열린 추계 전국 중·고 육상경기대회에서 나는 단 1m도 던지지 못했고, 고등학교에 들어가고 얼마 안 되어 선수 생활을 그만두었다.

***

맥도날드에서 나와 오빠 사무실이 있는 방향으로 걸어갔다. 세 번이나 전화를 걸었지만 오빠 새끼는 받지 않았다. 오냐, 곧 네 머리 끄덩이를 붙잡고 태백의 스위트 홈으로 끌고 가주마, 굳게 다짐했다.

계획보다 이른 시간이라 구경삼아 대로변 뒷골목을 훑고 나왔는데도 여유가 있었다. 눈앞에 스타벅스가 보였다. 나는 빽다방 커피를 더 좋아하지만, 미주가 그렇게 좋아하는 곳이라고 하니 간판을 보자마자 홀리듯 들어갔다.

주문하려고 대기 중인 사람이 엄청 많았다. 한국인의 본능대로 일단 줄부터 선 뒤 메뉴판을 훑어보았다. 종류도 많은 데다가 한글로 적혔지만 전부 영어라 고르기가 힘들었다. 이럴 때는 미주 찬스를 쓰는 것이 옳다.

> 나 강남 스벅임.

메시지를 보내자 미주에게 곧바로 답장이 왔다.

> 헐! 대박! 오빠는? 만났어?

> 아직. 여기 메뉴 넘 복잡. 뭐 시킴?

> 사이렌 오더 할 줄 알아?

> 그게 뭐냐?

> 딱 기달려. 언니가 천국을 맛보게 해줄게.

커피가 다 거기서 거기지, 호들갑하고는.

그래도 여기까지 왔는데 별수 없었다. 미주가 시키는 대로 기다렸다. 그 와중에도 손님들이 계속 들어와 내 뒤로 늘어섰다. 주문할 차례가 다가왔는데도 미주의 응답이 없어서 다시 맨 뒤에 가서 섰다. 곧 미주의 메시지가 도착했다. 생각했던 것보다 훨씬 길고 복잡한 내용이었다.

> 글자 하나 바꾸지 말고 이렇게 말해라. 바닐라 크림 프라푸치노 주문할 건데요. 자바칩 토핑 반반으로 셋 추가해주시고, 에스프레소 휘핑 많이 뿌려주세요. 그러면 짠! 오레오 프라푸치노가 나와.

> 뭐야. 너 나 놀리는 거지? 스벅 진상녀 만들려고.

> 야, 나 지금 진지하기가 과거 시험 보는 선비가 따로 없을 지경임. 내 최애라고! 먹기 전에 꼭 사진 찍어서 보내라.

무슨 마법의 주문을 외우는 것도 아니고, 음료 하나 주문하는 건데 이렇게 복잡해도 되는 것인가. 순간 내 앞이 텅 비었고 직원이 나를 향해 밝게 웃으며 말을 건넸다.

"안녕하세요. 스타벅스입니다. 주문하시겠습니까?"

비싼 커피 값에는 저 친절한 미소를 만드는 비용도 포함되었구나, 하는 생각이 들었다. 자본주의가 만들어내는 미소는 그러나 아메리카노처럼 따뜻하지는 않다.

"이거 주세요."

어설프게 더듬거리느니 미주가 보내준 메시지를 그대로 보여주는 게 낫다는 생각이 들었다. 내가 내민 휴대폰을 확인한 직원은 고개를 끄덕이며 다시 친절한 미소를 지었다.

"네, 사이즈는 어떻게 드릴까요?"

"네?"

"찬 음료는 숏 사이즈가 없고요. 톨, 그란데, 벤티, 이렇게 셋 중에 선택하실 수 있습니다."

매뉴얼에 적힌 대로 말하는 것일까, 로봇처럼 기계적인 말투였다.

톨. 키가 크다는 뜻이니까 양이 많겠지. 그란데. 이건 가수 이름인데. "그란데 말입니다"라는 유머도 있었지. 그랜드의 이탈리아어나 스페인어 발음일 것이다. 벤티? 이건 듣도 보도 못한 단어다. 내가 머뭇거리고 있자 직원이 "기본 사이즈인 톨 사이즈로 드릴까요"라고 물었다. 큰 사이즈가 기본이라니. 여기는 거인국이란 말인가.

결제하고 조금 기다리니 음료가 나왔다. 톨 사이즈의 바닐라 크림 프라푸치노에 자바칩 토핑을 반반으로 세 번 추가하고 그 위에 에스프레소 휘핑을 듬뿍 올린 이상한 음료. 겉보기로는 기름진 음식을 잔뜩 먹고 싸놓은 똥 위에 물감을 뿌려 놓은 것 같았다. 전혀 맛있어 보이지 않았다. 이게 최애라고?

역시 미주의 말은 과장이었다. 천국을 맛보게 해준다더니, 그 천국은 당뇨병 환자들이 사는 곳이었더냐. 달아도 너무 달았는데, 그 단맛이 내가 좋아하는 종류와 농도가 아니었다. 내 입맛에는 구황작물이 가진 단맛 정도가 딱 맞는다. 어쩌다 단 게 미치도록 먹고 싶을 때도 고구마 라테나 옥수수 라테면 충분했다. 콩국수에 소금 대신 설탕을 듬뿍 넣는 애한테 메뉴 추천해달라고 했던 내가 멍청했지.

오레오 프라푸치노를 들고 자리에 앉아 주위를 둘러보았다. 강남 땅값이 비싸다더니 카페 하나가 운동장만큼 컸다. 아까 갔던 맥도날드보다 훨씬 컸다. 오전부터 이 큰 곳을 가득 메우다니, 우리는 정녕 커피의 민족이었나. 강남 직장인의 일탈이란 게 고작 프랜차이즈 카페의 딱딱한 나무 의자에 앉아 오랑캐 음료를 마시며 휴대폰을 들여다보는 것이었나.

경쟁이 치열한 창가 쪽 자리는 대부분 노트북을 펼친 사람들이 점령하고 있었다. 반 정도는 동영상을 보거나 인터넷 쇼핑을 하고 있었고, 나머지 반은 키보드와 마우스를 분주하게 움직이는 모습이 일하는 것처럼 보였다. 이 정신없는 곳에서 무언가에 집중하는 게 가능할까. 소음 때문에 이어폰을 귀에 꽂고 일하느니 조용한 곳을 찾는 게 낫지 않을까.

아니, 그보다 더 근원적인 의문이 들었다. 서울에는 월세로 사는 사람이 많다. 온종일 숨만 쉬고 살아도 매일 몇만 원이 자동으로 지출된다는 얘기다. 나 같으면 월세가 아까워서라도 최대한 오래 집에 있을 텐데. 이런 차이가 서울 여자와 시골 여자를 가르는 걸까? 아니면 내가 블루칼라이기 때문에 고상한 화이트칼라들의 낭만적인 감성을 이해하지 못하는 걸까?

나는 우리 네 식구 중 최초이며 유일한 정규직 노동자다. 공장 일을 시작한 것은 고등학교를 졸업하자마자였다. 아빠는 집을 나간 상태였고, 군대에서 나온 오빠 새끼는 대학생이랍시고 하는 일도 없이 종일 책만 읽었다. 엄마는 혼자 집 밖에 나가는 것도 힘겨워할 때였다. 시청 공무원이 되는 것과 공장에서 일하는 선택지 중에 나는 망설이지도 않고 후자를 택했다.

고등학교 졸업한 여자애가 돈을 버는 방법이 100개가 있다면 99개는 감정노동이 필요한 일이다. 카페 알바도 허리와 손목이 닳도록 일하고, 콜센터 직원도 성대 결절에 치질을 달고 살지만, 그들을 가장 괴롭히는 건 하나도 즐겁지 않은데 웃는 표정을 짓고 밝은 목소리로 말해야 한다는 것이다. 먹고 살려면 감당해야 하는 건지 모르겠지만, 감당하지 않아도 되는 일을 하는 방법도 있다. 감정이 없는 기계를 상대하면 된다.

돈이 많은 곳에는 유흥이 발달한다. 강남대로 뒷골목마다 유흥 주점과 마사지 업소가 줄을 서지 않았는가. 석탄산업이 한창이던 때에 "태백에서는 개새끼도 만 원짜리 지폐를 물고 다닌다"라는 말이 돌았다. 시내에는 탄광 업주와 간부, 공무원을 위한 윤락업소가 여럿 있었다. 목숨 걸고 일한 광부들은 니나놋집에 가서 또 하루 생존했음을 자축하며 젓가락을 뚜들겼다.

탄광이 문을 닫자 돈 나올 곳이 없어졌다. 술집들은 문을 닫았고 사람들도 떠났다. 카지노에 이어 한국의 디즈니랜드를 만들겠다던 호기로운 계획이 지역 주민들의 심장을 다시 뛰게 했지만 이내 차갑게 식었다. 태백의 미래는 불 꺼진 막장처럼 깜깜했다. 그게 내 일자리에도 영향을 미쳤다. 공장 일자리 하나 구하는 게 하늘의 별 따기였다. 아웃소싱 업체를 거쳐 겨우 아르바이트 자리 하나를 얻었다.

서비스업종에서는 젊은 여자를 선호하지만, 공장처럼 육체노동을 하는 곳은 반대다. 며칠 나왔다가 없어지는 애들보다는 진득하게 붙어 있을 삼사십 대를 뽑는다. 서른 이후만 지원 가능하다고 아예 채용조건에 못박아두는 일도 있다. 새파란 스무 살짜리가 들어가는 건 거의 불가능했지만, 업체는 내 운동부 경력에 주목했다. 게다가 종목이 무려 투포환.

공장이 돌아가는 시스템은 운동부와 비슷하다. 처음 들어가면 내가 뭘 해야 하는지 감조차 잡을 수가 없다. 선배들은 갈구기만 할 뿐 무엇도 가르쳐주지 않는다. 아무리 눈치가 빨라도 처음 듣는 용어로, 처음 해보는 일을, 선배들처럼 하는 건 불가능하다. 그래서 욕을 먹고 갈굼을 당하는 게 일상이고, 그걸 견디지 못하면 짐 싸서 집에 가야 한다.

채용공고를 올린 업체 주소는 태백 시내였는데, 실제 일하게 된 공장 위치는 정선의 산골짜기였다. 그래도 주간 근무에 태백까지 통근버스가 오간다는 이유로 일을 시작했다. 잔업과 야근, 연장 근무를 해도 공고에 나온 월급을 받는 건 불가능했다. 알바한테는 주지 않는 상여금까지 급여에 포함해서 올린 것이었다. 일은 금방 적응했지만 받는 돈이 너무 적었다. 공장이 문을 닫을 때는 아쉽지도 않았다.

이후 세 곳을 전전했다. 화이트칼라에게 가장 불리한 조건이 1년 계약직이라면, 공장 알바에게는 '기본 한 달 계약'이라는 게 있다. 일을 잘해야 다음 달에도 계약을 할 수 있는 건데, 아무리 일을 잘해도 6개월이 지나면 무조건 잘린다. 강제로 한 달 쉬고 다시 와야 한다. 그 이상 근무를 하는 건 정규직만 가능하기 때문이다.

공장 주변은 벽지에 있는 부대와 비슷하다. 주변이 온통 산이고, 지나다니는 차도 없고, 울타리 밖으로 나와 한참을 걸어도 편의점이나 식당 같은 건 나오지 않고, 그러다 불 켜진 곳이 있어서 다가가면 다른 부대 건물이고. 공장입지도 대개 그렇다. '무슨 무슨 법' 때문에 주거지역과 멀리 떨어진 곳에 있다. 커다란 단지가 아닌 이상 대중교통으로 출퇴근하는 게 불가능하다는 뜻이다. 그래서 통근버스를 운행하거나 기숙사를 준다.

지금 일하는 공장에는 6개월 계약직으로 들어왔다. 네 곳을 거치며 노하우가 쌓였고, 알게 된 언니들에게 정보도 많이 들은 터였다. 이곳을 소개해 준 사람도 마지막 알바를 했던 곳에서 만난 이모였다. 그 이모의 형부가 우리 공장에서 관리직으로 일하고 있다. 역시나 외진 곳이기는 하지만 태백에 주소를 두고 있으며, 기숙사를 제공해주는 것이 좋았다. 집에서 벗어난다는 건 아빠 얼굴과 가사노동에서 해방된다는 걸 의미하니까.

기숙사라고 해봤자 운동부에서 합숙할 때 쓰는 곳과 비슷한 여건이었다. 원룸 하나에 서넛을 때려 넣었다. 생면부지의 사람들과 같은 공간에서 지낸다는 건 충돌할 여지가 많다는 뜻이다. 화장실과 냉장고 사용만 가지고도 싸울 거리가 넘쳐난다. 하지만 나는 운동부 출신이라 그런 생활에 익숙했다. 문제를 간단히 해결할 수 있는 무력도 가지고 있었다. 그래서 불편한 게 없었다.

내가 정직원이 되어 뿌리를 박겠다고 마음먹게 된 건 몇 가지 이유에서였다. 가장 사소하게는 알바들이 그만두면서 기숙사를 단둘이 사용하게 된 게 좋았다. 그보다 더 중요한 건 사장이 유능해서인지 일이 많다는 것이었다. 일감이 끊이지 않는 회사라야 급여가 높고 상여금도 나온다. 그런 곳의 정직원이 되는 건 꽤 경쟁이 치열하다.

잔업, 야근, 특근이 없다는 말을 듣고 좋아하는 사람은 초보다. 그만큼 일이 없는 회사란 뜻이고, 월급이 짜다는 뜻이며, 되레 다른 곳보다 빡센 일을 하고 있다는 증거다. 세상과 격리되어 사는 대가로 상여금도 없이 최저 시급에 가까운 월급을 받으면서, 택배 상하차에 맞먹는 일을 하는 건 밑지는 장사다.

어쩌면 돈보다 더 공장 노동자의 삶의 질에 지대한 영향을 끼치는 건 근무 형태다. 회사마다 다르지만 2교대는 12시간, 3교대는 8시간 근무하는 식이다. 몇 조로 이루어져 있느냐가 더 중요한데, 우리 아빠처럼 2조 1교대면 두 사람이 24시간 단위로 근무와 휴식을 반복한다. 2조 2교대는 그야말로 몸을 갈아 일하는 시스템이다.

우리 공장은 대기업처럼 4조 3교대로 돌아간다. 6일 동안 잡생각 없이 공장과 기숙사를 오가며 돈을 벌고, 이틀 동안 집에서 쉬며 돈을 쓰는 단순한 생활을 할 수 있어서 좋았다. 온 세상이 주 5일제로 돌아간다고 생각하는 화이트칼라들, 월요일 아침 인사로 주말 동안 잘 쉬었느냐는 말을 주고받는 사람들은 이런 세계를 모른다.

나는 공장에서 일하는 게 운동보다 편했다. 육상 같은 기초 종목 선수는 건강한 일반인이 견딜 수 있는 고통의 한계치를 매일 뛰어넘는다. 개인종목 선수가 받는 스트레스는 상상 이상이며, 기록으로 평가받는 종목은 더하다. 미시의 세계에 살며 백 분의 일 초, 영 점 일 센티에 운명이 갈리는 게 공장 노동자로 사는 것보다 힘겨웠다.

***

선수 생활을 하면서 가장 기억에 남는 대회는 중3 때 충북 보은에서 치렀던 추계 전국 중·고 육상 경기였다. 대회 첫날 벌어진 포환 던지기 여자고등부에서는 박세리 언니가 우승을 차지했지만, 기록이 좋지는 않았다. 몇 안 되는 투척 종목 팬과 관계자들이 주목한 건 다음 날 벌어지는 여중부 결승전이었다. 내가 이미나 선수의 중등부 한국 신기록을 깰 수 있느냐가 관심사였다. 그만큼 당시 여자 중학부에서 내 기록은 독보적이었다.

당일 컨디션은 이렇게 좋아도 되나 싶을 정도였다. 한동안 나를 괴롭혔던 손목 통증이 보은에 도착하자마자 귀신같이 사라졌다. 경기 시작 전 연습할 때 던진 포환은 17m를 넘게 날았다. 시합 때 그렇게 던지면 이미나 언니의 기록을 깰 수 있었다. 감독님은 내가 갓 투포환을 배울 때부터 이미나 언니를 라이벌로 규정했다. 초등학교 때 육상 사상 최연소 국가대표 선수가 된 미나 언니를 따라잡는 걸 목표로 하고, 고등부에 올라가서는 살아있는 전설인 이명선 언니와 경쟁하라고 했다.

"여자 중등부 투포환 결승이 곧 시작됩니다."

트랙에서는 초등학교 남녀 200m 경기가 한창이었다. 장내 아나운서의 말에 몇 안 되는 관중들의 응원 소리가 잦아든 것은 아마도 내 등장을 기다렸기 때문이었으리라. 비인기 종목인데도 방송국 중계 카메라가 경기장 안으로 들어왔다.

"후우……. 후우……."

첫 번째 시기를 앞두고 심호흡을 하며 마음을 가다듬었다.

투포환이란 아주 짧은 시간 동안 자신이 가진 모든 힘을 응축시킨 뒤 폭발적으로 발산하는 운동이다. 체격이 크고 근육이 많아야 좋지만, 그게 전부는 아니다. 아무리 센 힘이 있더라도 포환을 멀리 던지기 위한 메커니즘으로 전환하려면 정적인 훈련과 동적인 훈련을 병행해야 하며, 고도의 마인드컨트롤도 필요하다.

길게 숨을 뱉은 뒤 팔다리를 접었다 펴고 목을 앞뒤 옆으로 풀어 주었다. 던지기 전의 루틴이다. 포환에 하얀 가루를 발랐다. 미끄러짐을 방지하기 위한 탄산마그네슘이다. 경기 시간은 하필 오후 1시, 따가운 햇볕이 포환을 달구어 만지기 싫을 만큼 뜨거웠다. 포환을 던질 수 있는 구역인 투척 서클 안에 들어갔다. 콘크리트로 만들어진 딱딱한 서클 바닥에 신발 밑창을 문지르며 던질 준비를 마쳤다.

고개를 드니 눈앞에 내 포환이 떨어질 녹색 잔디밭이 보였다. 좌우로 쳐놓은 흰색 선 안으로 떨어뜨려야 한다. 위치를 표시하기 위해 대기하고 있는 계측원들과 눈을 마주치는 건 금물이다. 대회에 여러 번 나가며 알게 됐다. 여섯 번째 포환을 던질 때까지, 루틴에 영향을 줄 만한 일은 어떤 것도 발생하지 않아야 한다. 그런데 그 일이 벌어지고야 말았다. 원인을 거슬러 올라가면 역시 오빠 새끼 때문이었다.

그해 초, 가수 비가 새 앨범을 냈다. 그의 6집 "Rain Effect"의 타이틀 곡은 'La Song'으로, '깡'이 나오기 전까지 비의 흑역사로 손꼽히던 노래였다. 라틴 힙합을 표방했다지만 대중의 귀에는 뽕짝 느낌이 다분한 유치한 곡이었고, "라 라라라라"가 이어지는 후렴 부분은 태진아가 피처링한 거 아니냐는 반응이 나왔다. 비가 그 상황을 뒤집을 줄은 꿈에도 생각하지 못했다. 그것도 태진아와 함께 합동 무대를 꾸미면서 말이다.

가수 비에게는 반전의 계기가 되었지만, 나에게는 몰락의 신호 탄이 되었다. 대학 입학을 앞둔 오빠 새끼가 친구 하나 없는지 집에만 처박혀 있던 때였다. 밤이건 낮이건 그 노래를 틀어놓고 내 앞에서 춤을 추는 바람에 노이로제에 걸릴 지경이었다. 결정타는 그놈이 투포환 동작을 응용한 희한한 댄스를 만들면서부터였다. 처음 봤을 때는 웃음이 터져 나왔고, 연습할 때도 자꾸 떠올랐지만, 설마 전국 대회에서까지 그럴 줄은 몰랐다.

턱 아래에 포환을 대고 지그시 눈을 감았다. 바람 한 점 불지 않았다. 그런데 문득 어디선가 비의 'La Song'이 들리는 듯했다. 라 라 라라라, 라라라 랄랄라라 랄랄라. 관중석은 조용했다. 빌어먹을. 내 귀에만 맴도는 소리였다. 정신을 차리기 위해 고개를 흔들었다. 루틴에는 없는 행동이었지만 효과가 있었다. 다행히 노랫소리가 사라졌다.

처음 포환던지기를 배울 때는 디딤발의 반대인 왼발을 앞으로 쭉 뻗는 기본자세로만 던졌다. 몸의 회전력을 강화한 '오브라이언 투구법'을 몸에 익힌 건 중학교 2학년 때였다. 남자 선수들 사이에서는 두 바퀴를 회전하며 원심력을 활용하는 '회전 투구법'이 유행이었다. 그걸 받아들이는 여자 선수도 늘어났지만 내게는 맞지 않았다. 훨씬 역동적으로 보이지만 정작 비거리는 큰 차이가 없었으며, 돌고 나서 발이 투척 서클 밖으로 나가 파울이 선언되는 경우가 많았다.

'하나, 둘, 셋, 넷, 다아섯⋯⋯.'

던질 방향을 등진 채 몸을 한껏 웅크리며 다섯을 센다. 그렇게 힘을 모은 뒤 뒤로 내밀었던 왼쪽 다리를 몸쪽으로 당겼다가 앞으로 길게 내뻗으면서 땅을 딛고 있던 오른쪽 다리로 바닥을 힘껏 차며 포환을 밀어낸다. 투척과 동시에 뻗었던 다리를 빙글 돌려 착지해야 하는데, 마치 태권도의 뒤돌려차기와 비슷하다. 이 일련의 동작을 마치는 데에 단 2초도 걸리지 않는다.

"아아악!"

괴성과 함께 내가 가진 모든 힘을 쥐어 짜내어 포환을 던졌다. 포환이건, 창이나 원반이건, 투척 종목은 자신이 가진 힘과 기술을 사용해 기구를 얼마나 멀리 날려 보내는지가 중요하다. 내 손을 떠난 포환이 포물선을 그리며 날아갔다. 각도를 높이는 훈련을 거듭한 뒤여서 더 높이, 더 멀리 날아갔다. 쿵. 실제로 소리가 들리지는 않았지만, 묵직한 포환이 땅에 떨어졌다.

심판이 빨간 깃발을 번쩍 들었다. 무효였다. 이런 씨발. 그의 귀에 들리지 않도록 나직하게 욕을 뱉었다. 내가 던진 포환은 아슬아슬하게 흰색 선을 벗어나 파울 지역으로 떨어졌다. 관중석에서도 탄성이 나왔다. 육안으로 보아도 중등부 한국 신기록을 거뜬히 넘는 거리였기 때문이다. 아직 던질 기회는 많이 남았고, 그 정도 컨디선이면 거뜬했다. 단 하나의 변수는 자꾸만 내 귀에 맴도는 비의 노래였다.

두 번째 시기에서도 그 노래가 떠올랐다. 이번에는 곧바로 던지지 않았다. 진정될 때까지 오래도록 호흡을 가다듬었다. 입장한 후 60초 안에만 던지면 된다. 마음을 다잡고는 다시 온 힘을 다해 포환을 밀어냈다. 내가 본 것 중 가장 아름다운 곡선이었다. 쾌재를 부르며 포효하려는데 또 빨간 깃발이 올라왔다. 스톱보드에 발이 닿았다는 판정이었다.

스톱보드는 투척 서클을 벗어나지 않도록 앞부분에 세운 흰색 나무다. 나무 안쪽에는 발이 닿아도 되지만 그 위로는 신발 끈만 닿아도 파울이다. 심판은 내 왼쪽 발이 보드 위를 스쳤다고 판정했다. 건드린 느낌이 없었는데 억울했다. 나중에 TV 중계 화면으로 다시 보니 심판이 옳았다. 다급해지기 시작했다.

"하나야. 괜찮아. 이번에는 힘 빼고 던져."

감독님이 내게 물을 주며 달래주었다.

결승전 참가자는 모두 9명이었다. 투포환은 8명 이하가 출전하면 모두 6번씩을 던져 가장 좋은 기록을 겨룬다. 9명 이상일 경우 3차 시기까지 던진 뒤 상위 8명이 다시 세 번을 더 던진다. 감독님 말씀대로 힘을 빼고 던져도 충분했다. 2차 시기까지 다른 선수들의 최고기록은 15m를 넘지 못했고, 10m만 넘겨도 세 차례의 기회를 더 얻을 수 있는 상황이었다.

겉으로는 아무렇지 않은 척했지만 나는 정말이지 미칠 것 같았다. 어느 정신 나간 운동선수가, 그것도 국가대표 상비군씩이나 된 선수가, 유행가 때문에 큰 경기를 망친단 말인가. 문제는 그것만이 아니었다. 가뜩이나 뜨거운 날씨 때문에 앉아만 있어도 어질어질해서 컨디션이 빠르게 바닥으로 떨어졌다. 전날 시작한 생리의 영향도 있었을 것이다. 피임약을 먹어서 조절했어야 했는데, 그까짓 것 하며 대수롭지 않게 여겼다.

3차 시기, 포환을 들었다. 심호흡. 몸풀기. 포환에 탄산마그네슘 바르기. 투척 서클에 들어가 바닥에 신발 밑창 문지르기. 루틴을 마친 뒤 준비 자세를 잡았는데, 이번에도 그 노랫소리가 떠올랐다. 투포환이고 나발이고 그만두고 싶을 만큼 짜증이 났지만 어디 그럴 상황인가. 일단 10m, 왼손으로 던져도 나올 기록을 세우자고 마음을 먹었다. 그런데 이게 무슨 일인가. 아래로 숙였던 몸이 올라가지 않았다. 고작 3kg짜리 포환이 천근만근이었다.

이제는 포환을 멀리 던지는 게 문제가 아니었다. 그대로 쓰러질 것 같았다. 영화 속에서 혼돈에 빠진 주인공의 눈에 세상이 빙글빙글 돌 듯이 세상이 돌고 있었다. 숨도 쉬지 않고 있다는 걸 깨닫는 순간 나는 의식을 잃었다. 깨어나 보니 관중석 아래에 쳐놓은 의료진 천막 안이었다. 감독님이 물수건으로 내 얼굴을 닦아주고 있었다.

차마 '오빠 새끼가 들려준 노래 때문에 멘탈이 무너져서 망쳤다'라는 말은 할 수 없었다. 감독님을 포함해 나를 만나는 모든 사람은 신기록에 대한 부담감 때문에 그랬다는 말로 위로해 주었다. 누구나 알았다. 육상을 직업으로 하려는 소녀에게 그 대회가, 세웠어야 할 기록이 얼마나 중요했는지.

대회를 망치고 집에 가니 여름방학이라고 오빠가 와있었다. 그때 나한테 왜 그랬느냐고 따지며 흠씬 패주고 싶었지만 참았다. 그놈이 내게 영향력이 있다는 걸 알게 하기 싫었다.

한 달 뒤, 우리 육상부는 모두 인천에 올라갔다. 아시안 게임을 단체 관람하기 위해서였다. 여자 포환던지기 결승전에 우리나라 선수가 올라왔다. 나보다 스무 살이 많은 이미영 언니였다. 광저우에 이어 연속 메달을 노렸지만 언니는 1, 2차 시기 모두 실격했다. 언니가 어떤 심정이었을지 나는 충분히 알 수 있었다.

언니의 멘탈은 나와 달랐다. 3차 시기에서는 실격하지 않고 16.44m를 던졌다. 이어진 4차 시기에서는 그보다 나은 16.65m의 기록이 나왔다. 이제 남은 건 두 차례. 개인 최고기록이 아니더라도 그해 언니의 시즌 최고기록을 넘긴다면 메달을 목에 걸 수 있는 상황이었다. 하지만 언니는 5차와 6차 시기 모두 실격했다.

언니야말로 부담감 때문에 6위에 머문 것이었다. 사람들은 마지막 국제무대에서 아쉬운 결과를 남겼다고 평가했다. 하지만 나는 알았다. 그 중요한 대회에서는 포환을 앞으로 던질 수조차 없는 상황이 찾아오기도 한다는 것을. 그걸 이겨낸 언니가 얼마나 대단한 선수인지 사람들은 몰랐다.

우리나라 여자 투포환 최고기록은 2000년에 이명선 선수가 세운 19.36m다. 당시 세계 기록과는 차이가 컸다. 19.36m면 1968년 세계 기록과 비슷하다. 현재 세계 기록은 22.63m이다. 30년이 훨씬 넘은 기록인데 아직 아무도 깨지 못하고 있다. 세계 수준이 되려면 100kg이 넘는 몸을 가져야 하는데, 그게 한국인 몸으로는 쉽지가 않다.

투포환은 격투기나 역도처럼 체급이 있는 종목이 아니다. 기술이 받쳐줘야 하지만 체격이 클수록 유리한 게 사실이다. 그래서 지난 100년 동안 여자 투포환 세계 기록은 서양인들이 독차지했다. 2014년 아시안 게임 금메달리스트인 중국의 공리자오는 나와 키는 같아도 체중이 108kg이었다.

고등학교에 올라가면서 일반부와 똑같이 4kg을 던지게 되었다. 1kg 차이라는 건 엄청났다. 그 무게 차이를 이기려면 체중을 불려야 했다. 태백에서 어렵게 구한 트레이너의 도움을 얻어가며 겨우 85kg을 넘겼지만, 그게 끝이었다. 아무리 보충제를 먹어도, 그게 내 육체의 한계였다. 성장판도 닫혔다. 이런 종목 선수에게는 체중이 늘어나는 것도 천부적 재능이자 신의 축복이다.

열일곱 살 나이에, 나는 앞으로 무슨 훈련을 하더라도 국제무대 근처에 갈 수 없다는 객관적 자기 인식을 했다. 그래도 워낙 선수층이 얇고 척박한 한국 육상계인지라 운동을 계속할 수는 있었다. 그래야 하는 현실적 이유도 있었다. 우리나라에서 대학과 실업팀에 속한 성인 여자 투포환 선수는 각각 열 명 안팎이다. 내 실력이면 특기생으로 대학에 가고, 시청 공무원이 되는 게 가능하다는 뜻이다.

하지만 나는 끝내 포기하고 말았다. 고작 4kg이라는 무게가 내게는 버거웠다. 그걸 던지기 위한 훈련의 무게를 감당할 자신도 없었다. 계속 기록을 경신하는 재미에 아무리 힘든 훈련도 감내한 것이지, 열여섯 살에 이미 전성기를 넘긴 조로의 삶을 살고 싶지는 않았다. 무엇보다도, 어제의 나를 이길 수 없음에도 어제보다 더 굵은 땀을 흘려야 하는 걸 견딜 자신이 없었다. 어렸기에 했던 선택이다. 그럼에도 후회는 없다.

럭셔리브레인

강남에 있는 높다란 빌딩의 공용화장실, 세련된 복장에 풀 메이크업을 한 여자들이 거울을 보며 화장을 고치는 그곳에서 양치질을 하게 된 건 미주가 말한 천국의 음료가 내게는 지옥의 단맛이어서였다. 내 뒤로 줄이 늘어섰지만, 어차피 다시 볼 사람들도 아니기에 눈치 보지 않고 혀까지 박박 닦았다.

화장실에서 나오니 오후 세 시. 오빠 머리끄덩이를 잡기에 딱 좋은 시간이었다. 내가 일하던 공장에 좋은 자리가 났는데도 꼴에 대졸자라며 거절했던, 돈도 안 되는 책만 읽던, 그러다 이제는 사기꾼이 된 오빠 새끼가 일하는 건물에 입성했다. 층별 안내를 보니 12층에 있는 오빠의 사무실은 공유오피스였다. 역시 사기를 당한 것이다. 성공한 사업가가 그런 곳에서 일할 리는 없으니.

1층 로비로 들어가니 역시 외부인 출입은 철저히 통제하고 있어서 개 목걸이처럼 달고 다니는 출입증이 없으면 엘리베이터를 탈 수 없었다. 체크인이라는 간판이 눈에 띄어 다가가니 또 그 망할 키오스크가 나타났다. 화면을 들여다보니 방문객인지 배달물 때문에 온 건지 선택하란다. 당황하지 않았던 건 이럴 줄 알고 미리 조치를 취한 덕분이었다.

어제 이 건물의 행사에 참석한다고 예약을 해둔 터였다. '2022 메타버스 개발자 컨퍼런스'라는 생소하고 거창한 이름의 행사였는데, 그나마 '유명 뷰티 인플루언서 초청 사업설명회'에 참석하는 것보다는 나을 것 같았다. 나처럼 쇼트커트에 선크림만 바르고 돌아다니는 사람에게 '뷰티'나 '인플루언서' 같은 단어는 어울리지 않는다. 키오스크에 예약 정보를 누르니 문이 열렸고, 1층에서 지하까지만 오가는 엘리베이터에 탈 수 있었다.

컨퍼런스 행사장은 카메라를 세팅하느라 분주했다. 인터넷으로 중계까지 하는 걸 보니 큰 행사였나보다. 나 같은 행색의 개발자도 있는지 아무런 의심을 받지 않고 입구에서 등록을 마쳤다. 맨 뒷자리에 앉아 휴대폰을 만지작거리다가 화장실에 가는 척, 들어올 때 받은 쇼핑백을 의자 위에 올려둔 채로 나왔다. 인쇄물과 기념품이 들어있었는데 내게는 필요하지 않은 것들이었다.

아무도 나를 눈여겨보지 않는 걸 확인하고 엘리베이터로 향했다. 두리번거리지 않으려 노력하며 최대한 자연스럽게 걸었다. '나는 컨퍼런스에 참여했다가 공유오피스가 궁금해 둘러보고 있는 개발자야'라고 되뇌었다. 엘리베이터 앞에 서니 타기 전에 층수를 선택하게 되어있었다. 손가락을 뻗어 오빠가 있는 12층 버튼을 눌렀다. 그런데 이게 웬일, 작동이 되지 않았다.

　아무리 촌년이라고 해도 출입증을 대고 층을 선택하라는 문구를 보고 어떤 시스템인지 파악하는 건 어렵지 않았다. 다행히 1층 버튼은 눌러졌다. 이제부터의 대처가 문제였다. 내가 선택한 방식은 시행착오법. 즉 함께 타는 사람이 누르는 대로 오르내리다가 기어이 12층에 도착하는 것이었다. 운에 맡기는 것과 뭐가 다르냐고? 기다리는 마음가짐이 달라진다.

　1층에 내려 무언가 확인하는 척 휴대폰을 만지작거리며 엘리베이터 앞에서 머뭇거리고 있자니 여럿이 몰려왔다. 일하러 온 건지 놀러 온 건지, 다들 테이크아웃 커피를 손에 들고 농담을 하며 즐거운 표정이었다. 종이 홀더를 보니 스타벅스, 할리스, 커피빈, 투썸플레이스, 로고도 다양했다. 지방에서 환경을 보호하자고 텀블러 쓰기 운동을 열심히 벌이면 뭐 하나. 정작 사람이 가장 많이 사는 서울에서는 이토록 아무렇지도 않게 플라스틱 컵을 사재끼는데.

　한동안 올라갔다 내려가기를 수차례 반복했다. 혹시 보안 요원이 CCTV를 보고 수상하게 여길까 봐 중간에 괜히 화장실도 다녀왔다. 마침내 12층 버튼을 누르는 귀인을 만났다. 그토록 기다리던 순간이 왔다. 엘리베이터가 12층에 멈추고 문이 열렸다. 곧바로 사무실이 나올 줄 알았는데 뭔가 이상했다. 사방이 뻥 뚫려 있고 안내도 같은 것도 없었다. 럭셔리브레인의 사무실이 어디에 있는지 도통 알 수가 없었다.

물론 태백에서 여기까지 온 내게 그런 건 시간 문제에 불과했다. 이케아나 까사미아 매장처럼 수많은 소파가 놓인 곳부터 시작해 구석구석 수색을 벌인 끝에 마침내 오빠의 흔적을 발견했다. 대낮인데도 화려한 조명이 빛나는 통로를 지나 통유리 안에서 사람들이 모니터와 씨름하고 있는 공간을 지날 때였다. 통유리에 오빠 새끼 얼굴 사진이 붙어 있었다.

예전에는 자기 얼굴을 내놓고 장사하는 게 신뢰의 상징이었지만, 요즘 세상에서 자기 얼굴 팔러 나오는 사람은 죄다 사기꾼이라고 보는 게 맞다. 얼마 전까지만 해도 자기 사진 박아놓은 현수막을 걸어놓고 타이어 파는 사람 많지 않았다. 태백에서도 가끔 봤다. 중고차나 휴대폰 파는 사람들이 꼭 자기 얼굴과 이름을, 심지어 가족 사진까지 걸더라.

요즘은 유행이 또 바뀌었다. 인스타그램과 페이스북을 보라. 재택 부업으로 경제적 자유를 얻었다면서 자기 얼굴과 통장을 인증하는 사람, 당신도 작가가 될 수 있다고 수강생 등록하라는 사람이 넘쳐난다. TV도 믿을 것이 못 된다. 별로 아는 것도 없는 것 같은데 전문가 행세하는 사람이 판을 친다.

우리 오빠도 마찬가지다. 허우대만 멀쩡하지 제대로 쌓은 경력이 하나라도 있나. 번듯한 청년 행세를 하고 찍은 사진 아래에는 '최강천재가 이끄는 럭셔리브레인의 강남 본사'라고 적혀있었다. 그래, 이런 걸 두고 얼굴마담이라고 하지. 아빠는 도우미 노래방에서 바지사장 노릇 하다가 감방에 다녀오고, 아들은 사기 치는 회사 얼굴 마담이라니, 집안 꼴 잘 돌아간다.

공유오피스의 공유라는 말이 무색하게 보안이 어쩌고 하면서 엘리베이터도 못 타게 하더니, 사무실은 또 죄다 통유리로 되어있었다. 누구 모니터에 뭐가 떠 있는지 지나가다가도 훤히 볼 수 있는데 보안은 무슨 보안인가. 이건 뭐 뜨거운 아이스 아메리카노도 아니고. 오빠 사진이 떡하니 붙은 럭셔리브레인의 사무실 역시 내부를 들여다볼 수 있었다.

그러면 그렇지. 비좁은 사무실—이라기엔 그냥 방—에는 책상 네 개만 놓여 있었고 딸랑 한 곳에만 노트북이 놓여 있었다. 안에는 아무도 없었는데, 누가 이 창문도 없이 갑갑한 곳에서 일하겠는가. 유령회사임이 확실했다. 오빠 자리가 어디인지 보려고 요리조리 눈을 굴리고 있는데 바로 옆에서 손가락으로 유리를 두드리는 소리가 들렸다.

"혹시, 누구 찾아오셨어요?"

젊은 여자가 빙긋 웃는 표정으로 나를 보며 말을 건넸다. 어떻게 하지? 뭐라고 할까? 순간적으로 당황했다. 그래, 나는 컨퍼런스에 참여했다가……. 아, 아니지. 지금은 그냥 나지.

"오빠 찾으러 왔는데요."

"네?"

내가 뱉은 말에 이번에는 그녀가 당황했다.

"아, 그게. 저 사진에 있는 사람이요. 저희 오빠거든요."

"어머! 그 여동생분이시구나. 반가워요."

"저를 아세요?"

"네. 알죠. 대표님이 가끔 말씀해주셨어요."

불길했다. 오빠 새끼가 어떤 헛소리를 해댔을까.

"오빠하고 같이 일하세요?"

"네. 아, 내 정신 좀 봐. 여기요. 제가 외근 다녀와서 정신이 없네요."

그녀가 내게 명함을 내밀었다. 나도 명함이 있기는 한데 어디 가서 내밀 일이 없으니 공장 안에 처박혀 있다. 건네받은 명함에는 회사 이름대로 뇌 그림 가운데에 보석이 박힌 촌스러운 디자인의 로고와 함께 그녀의 신분이 한글과 영어로 적혀있었다.

주식회사 럭셔리브레인 / CFO / 공인회계사 / 신수진.
LuxuryBrain. Co., Ltd. / CFO / CPA / Sin, Sue-jean.

UFO는 아는데 CFO가 뭔지는 도통 알 수가 없었다. 게다가 공인회계사는 또 뭐람. 공인중개사는 아는데. 아니, 지금 그게 중요한 게 아니다. 신, 수, 진. 내가 아는 이름이다! 그 언니가 이 언니란 말인가?

"신수진이에요. 대표님 지금 자리 비우셨어요."

"저도 그건 알겠네요. 어디 갔어요?"

"장례식장에 가셨어요."

순간 불길한 예감이 뇌리를 스쳤다. 장례식장이라는 단어를 들을 때면 항상 그렇다.

"장례식장이요? 누가 돌아가셨는데요?"

"아, 저희 고객분이신데요. 올해만 벌써 몇 번째인지."

"네에?"

아아, 대체 우리 오빠 새끼는, 그리고 이 언니는, 서울에서 무슨 일을 벌이고 다니는 것인가.

"죄송한데, 제가 지금 바로 가봐야 하거든요? 부가세 신고 때문에 잠깐 들렸어요. 저는 따로 하는 일이 있는데, 가끔 이렇게 대표님 도와드리는 거라서."

"아. 아아, 네."

내가 아는 세계와 뭔가 다른 문법이었다. 하지만 무슨 말인지는 어렴풋이 이해할 수 있었다. 그러니까 명함만 파놓은 유령직원인 것이다. 대체 이곳에서 일하는 사람이 있기는 한 걸까.

"저희 오빠, 여기서 일하는 건 맞아요?"

"그러겠죠?"

그녀가 눈썹을 위로 올리며 가볍게 웃었다. 아, 서울 여자의 표정이다.

"내일 다시 올 거니까요. 오빠한테 제가 왔다는 얘기는 하지 말아 주세요."

"그럴게요. 그런데 내일 오셔도 볼 수 있을지 모르겠어요. 워낙 바쁘시거든요. 연락 안 해보셨어요?"

"오빠 모르게 왔거든요. 깜짝 놀라게 하려고요."

"그러시구나."

깜짝 놀랄 것은 분명하다. 그러시구나라고 하며 살며시 보여준 미소가 꺼림칙했다. 내가 뭔가를 숨기고 있다는 걸 알기라도 한다는 듯한 표정이었다.

"오빠가 요즘 많이 바쁘고 힘들거든요. 너무 놀라게 하지는 마세요. 그럼."

대표님이라고 했다가, 오빠라고 했다가. 재차 웃음 띤 얼굴을 보인 그녀는 고개를 살짝 까닥인 뒤 또각또각 구두 소리를 내며 내게서 멀어졌다. 흰색 블라우스에 정장 치마, 그 아래로 곧게 뻗은 날씬한 다리. 같은 옷차림이라고 해도 누구는 공장 경리 직원처럼 보이는데, 그녀는 딱 봐도 세련된 엘리트였다.

가슴이 답답해졌다. 장례식장에 갔다니. 그것도 고객의. 심지어 올해만도 여러 차례. 단순히 돈을 물어줘야 하는 정도의 사기가 아닐 수도 있다는 생각이 들자 겁이 났다. 아무도 없는 사무실 앞에 멍하니 있다가 아까 보았던 소파에 가서 앉았다. 휴대폰을 꺼내 검색해보고서야 알았다. CFO가 뭐고, 공인회계사가 뭔지.

아까 본 신수진이 내 기억 속 신수진과 동일인이라면, 그녀는 경영학을 전공했으며 지금 스물일곱 살이다. 지잡대 다니던 우리 오빠가 편입인가 뭔가를 해서 서울로 올라갔는데, 거기서 동아리 활동을 하다 만났다. 우리 집과 달리 부모님 모두 서울 사람이고, 서울에 있는 아파트에 살고, 초등학교부터 대학교까지 서울에서 다녔다. 공부하러 미국에도 다녀왔으니 영어도 잘할 것이다. 이걸 다 아는 이유는 예전에 오빠가 술 마시고 내 앞에서 불은 게 있어서다.

엄마가 죽기 전까지 오빠와 나는 늘 티격태격했지만 그래도 끈끈한 무언가가 있었다. 그마저 없었으면 진작에 그놈을 죽였을지도 모른다. 그런데 엄마 장례식 이후로 오빠는 집에 있을 때도 내게 말을 걸지 않고 혼자 책만 읽었다. 나는 그런 오빠가 조금씩 걱정되기 시작했다. 서울에 간 이후로는 더욱 어두워졌고, 마침내 군대에서도 안 피웠던 담배까지 손을 댔다.

"오빠가 미안해서 그러지. 너한테 받기만 하고 줄 게 없으니까."

우리 집에서 가장 가까운 치킨집인 페리카나 매장에 오빠를 데리고 가서 대작한 날이었다. 둘이 따로 술을 마신 적은 그때가 처음이었다.

주량은 엄마를 닮았는지 소주는 입에 대지도 못한다던 오빠는 고작 생맥주 석 잔에 혀가 꼬이기 시작했다. 입이 짧은 오빠 대신 양념치킨 한 마리를 해치우고 소주 두 병을 비운 나는 순살파닭을 추가 주문한 뒤 완전히 멀쩡한 상태로 술 취한 오빠의 말을 들어주었다.

"내가 오빠 너한테 뭐, 해달라고 한 게 있냐?"

"너는 그런 말 안 하지. 그래도 내가, 이 오빠가 해줘야 하는데.

그러려면 네가 기다려야 하는데. 그게 미안하잖아. 엄마도, 엄마한
테도 기다리라고만 해놓고. 아무것도 해드리지 못하고 그렇게 보냈
잖아. 오빠가.”

　녀석이 눈시울을 붉히더니 끝내 울음을 터뜨렸다. 사내자식이,
여동생 앞에서. 대학생이란 놈이, 힘들게 일하고 온 공장 노동자 앞
에서.

　그때 나는 계약직이었는데, 2조 2교대 근무에 아직 적응하지 못
하고 있던 때였다. 열두 시간의 야간 근무를 마치고 아침에 퇴근해
잠깐 쉬고 일어나 여전히 비몽사몽인 상태였는데도, 죽상을 지은
채 책상 앞에 앉아 있던 오빠가 눈에 자꾸 밟혀서 치킨이라도 먹여
야겠다는 생각에 끌고 나온 것이었다. 천사 같은 동생 아닌가.

　“예전엔 안 그랬거든? 그런데 말이야. 요즘은 거울을 볼 때마다
내 얼굴에서 아버지 얼굴이 보여. 그게 너무 싫어. 나도 아빠처럼
무능력하고 이기적인 사람으로 태어난 거 아닐까? 이런 생각이 들
면 우울해서 세상 살기가 싫어져. 아빠가 그랬잖아. 자신에게도 진
실되지 못해서 가족마저 속이고, 받기만 하는 걸 당연하게 여기고.
오빠는 그렇게 살기 싫거든?”

　오빠는 어느 때보다 진지했고, 나는 그런 무거운 분위기가 싫었
다. 어릴 때부터 그랬다. 집안에 무거운 공기가 돌면 견디지 못하고
밖으로 나가버렸다. 시골이라 어디 갈 곳도, 할 것도 없으니 몇 시간
이고 마냥 걸었다. 내 하체가 튼튼한 건 육상부 감독님이 말씀한 대

로 축복받고 태어났기 때문이 아니라 그때부터 후천적으로 노력한 덕분인지도 모른다.

"씨발. 왜 아빠 얘기가 나오고 지랄이야. 나 담배 피우고 온다."

"같이 가."

"내가 말했지? 남자한테 담배가 얼마나 해로운지."

"한 대만. 나 진짜, 딱 한 대만."

가게 앞에서 피운 그 딱 한 대의 담배로, 오빠 새끼는 간신히 붙잡고 있던 이성의 끈을 놓아버리며 취했다. 그렇다고 아빠처럼 꼬장을 부린 건 아니었다. 그동안 절대 털어놓지 않았던 얘기 중 몇 개를 들려주었다. 완전히 취했는데도 점층법으로 얘기하는 화법은 여전했다. 어릴 때 나를 괴롭혔던 것부터 시작해 'La Song' 때문에 경기를 망친 것도 미안하다고 사과했다.

"미친놈아. 그건 얘기하지도 마."

"야, 그래도 말이야. 그걸 활용할 수도 있었잖아. 어? 너 루틴 있었잖아. 5초 동안 힘 모으는 거. 그걸, 이렇게. 잘 봐. 라 라라라라, 라라라 랄랄라라 랄랄라, 하니까 어때? 딱 5초지? 그다음에 리듬 타는 걸 상상하면서, 이케, 이케 던지면 되는 거 아니었느냐. 이 말이지."

끅끅거리며 딸꾹질을 하면서도 내 특유의 투척 동작을 따라 하는 모습이 정말 꼴 보기 싫었다. 단박에 헤드록을 걸어 제압한 뒤 치킨집 안으로 데리고 들어갔다. 나는 술이 부족했다. 놈이 잠잠하기에 남아있던 소주를 생맥주에 부은 뒤 폭탄주를 만들어 먹었다.

"어? 어떠냐고. 이케, 이케 던지는 거 말이야."

가만히 있다가 갑자기 또 포환 던지는 자세를 하려고 하기에 주먹을 들자 얌전해졌다. 투포환과 MMA 선수는 사용하는 근육이 같고, 훈련 과정도 비슷하다. 덩치가 크니 느릴 것 같다고 생각하면 오산이다. 오빠에게 가볍게 맛만 보여준 적이 있는데, 그때의 기억이 강렬했나 보다.

하지만 오빠의 그런 소심한 면도 아빠를 닮은 것 같아 마뜩잖았다. 대장부라면 객기까지는 아니더라도 한번은 용기를 부릴 수 있는 거 아닌가? 그래도 오빠인데, 내가 뼈라도 부러뜨리겠냐고.

오빠의 얘기는 치킨집에서 나와 집에 가는 길에도 이어졌다. 가장 가까운 치킨집이라고 해도 사십 분은 족히 걸어가야 하는 거리였다. 해가 지면 지나다니는 사람이 아무도 없는 하천길을 걸으며 오빠는 서울에서 알게 됐다는 한 여자의 얘기를 들려주었다. 짚이는 데가 있었다.

"우리 집에 왔다 간 여자 맞지?"

"네, 네가 그걸 어떻게 알아?"

"야, 그렇게 긴 머리카락을 떨어뜨리고 갔는데 그걸 모르겠냐? 게다가 갈색 파마머리더라. 봐봐, 내 머리 봐봐. 엄마도 평생 머리 기른 적 없잖아. 누구 거겠냐?"

남자들은 왜 그렇게 허술한지 모르겠다. 제대로 청소 한번 해보면 사람 몸에서 얼마나 많은 것들이 나오는지 알 수 있다. 아니지.

일반화의 오류일 수 있겠다. 미주네 오빠처럼 섬세한 사람도 있으니까.

"꼬불꼬불한 털은 없던데. 왁싱 했더나?"

"야! 무슨 개소리야. 그냥 집만 보여주려고 데려왔던 거거든? 현관에 잠깐 있다 갔어."

"보여줄 게 뭐가 있다고? 모델 하우스도 아니고."

"내가 사는 현실을 보여주려고 했어. 절망하라고."

평소 같았으면 이런 미친 새끼가 있느냐며 혼쭐을 냈을 것이다. 자기 방이 따로 있는 것도 아니고, 미닫이문 하나가 있을 뿐 현관에 들어오면 내 영역까지 한눈에 보이니까. 뒷얘기가 궁금해서 화를 꾹 눌러 참고 물었다.

"정치인들이 빈민 체험하고 뭐, 그런 거야? 그랬더니?"

"사람 사는 집 같아서 좋다고 하더라고."

"지랄. 걔는 대체 어떤 집에 살길래 그래?"

"태백도 마음에 든대. 이런 깡촌이 뭐가 좋다고."

등신아, 너를 좋아하니까 그냥 다 좋다고 말한 거지. 여자를 그렇게도 몰라서 어떻게 하려고 그러느냐는 말이 목구멍까지 차올랐다.

"그랬더니 뭐래?"

"기다리겠대. 내 마음이 열릴 때까지."

"기다린다고 열리는 게 어딨어? 열쇠를 돌리든, 비밀번호를 누르든 해야지."

"있잖아. 나는 수진이 걔를 너무 좋아해. 정말 정말 좋아."

입에서 나오는 말과 달리 오빠의 표정은 슬퍼 보였다. 자기도 아빠 같은 남자일지 몰라서 두렵다는 말도 했다. 집에 도착할 때까지 나는 그녀에 대해 꼬치꼬치 캐물었고 오빠는 질문의 반 정도만 대답했다. 그게 벌써 삼 년도 더 된 일이다. 그날 이후 오빠 입에서 신수진이라는 이름이 나온 적은 없었다. 둘에게 무슨 일이 생겼으며 지금은 어떤 사이일까? 사기 치는 일에 그녀도 휘말린 것일까?

당시 나는 사랑에 빠진 것 같은 오빠가 약해 보여서 걱정을 했다. 누군가를 사랑하는 사람이라면, 없던 힘도 불쑥 생기고 그래야 하는 거 아닌가? 역시 사랑에는 힘이 없다. 그렇게 우리 남매를 사랑한다고 했던 엄마도 아픈 것을 숨긴 채 갑자기 우리 곁에서 증발했다.

***

아무래도 오빠 새끼가 사고를 쳐도 보통 큰 사고를 친 것 같지 않다, 사무실에 가보니 일하는 사람은 아무도 없고 텅 비어있더라, 고객의 장례식장에 갔다는데, 그게 올해만도 여러 번이라더라, 미주에게 연달아 장문의 문자 메시지를 보냈다. 그리고 반장 언니에게 전화를 걸었다. 사실 나이로는 엄마뻘이니 이모라는 호칭이 어울리지만, 공장에서는 한 살이 많든 백 살이 많든 언니라고 불러야

뒤탈이 없다.

　때 이른 여름휴가를 내겠다고 하니 반장 언니가 미쳤냐며 난리를 쳤다. 이해할 수 있다. 요즘 공장에 일이 많이 몰려있다. 하지만 오빠가 큰 사고를 쳐서 서울에 왔다고, 사정 좀 봐달라고 하니 목소리 톤을 바꾸며 연차 쓰는 걸로 알아서 처리할 테니 일 잘 보고 오란다. 이게 다 내가 조장인 덕분에 가능한 일이다. 알바나 계약직은 물론 정직원이라고 해도 사원이었으면 꿈도 못 꿀 일이다. 휴가를 낸다? 일 그만두겠다는 말과 같다.

　경력도 짧고 나이도 어린 내가 조장이 된 건 그야말로 초고속 승진이었다. '사장 빽'이라는 소문도 돌았는데 긍정도 부정도 하지 않았다. 조장이라고 해봤자 수당을 더 주는 것도 아니고 반장 따까리 노릇을 하는 게 대부분이지만, 나 역시 우리 조 이모들이 눈치를 보는, 엄연한 중간관리직이다. 나이가 열 살 스무 살 많더라도 나한테 허락을 맡아야 화장실에 다녀올 수 있다. 인사권은 없지만, 근무 스케줄 같은 걸 조정하려면 나를 먼저 통과해야 한다.

　아무튼 일을 시작한 후로 처음 연차라는 걸 쓰게 되었다. 이틀을 쉬고도 사흘을 더 쉬는 게 가능하다니, 사유는 좋지 않았지만, 신기하면서 살짝 흥분도 됐다. 이왕 이렇게 된 거 서울 구경도 좀 하고 내려가야겠다고 생각하고 있을 무렵, 미주에게서 답장이 왔다.

> 나 휴가 냈음. 딱 기달려. 언니도 서울 간다.

아, 이런 미친년이! 생각만 했는데 목소리가 입 밖으로 튀어나와서 깜짝 놀라 주위를 둘러보았다. 태블릿 PC를 들여다보며 얘기를 나누고 있던 남자 둘이 잠시 나를 힐끗 쳐다봤다가 다시 고개를 돌렸다. 대체 미주 얘는 생각이 있는 앤지 없는 앤지 모르겠다. 우리 남매의 일인데 자기가 뭐라고 여기까지 온다고 하는 것인가. 와서 무슨 도움이 된다고.

놀 때는 좋은 친구지만, 이럴 때 옆에 있으면 귀찮고 성가신 일을 만들 게 뻔하다. 여자끼리 모여서 술이나 먹는 모임 이름을 '황지꼴통스'라고 정한 건 팔 할이 애 몫이다. 자기 오빠하고는 성격도 성적도 정반대다. 우주 오빠는 꼼꼼하고 침착하며 품행이 방정한데, 얘는 늘 덤벙대고 서두르며 품행이 방정맞다.

내가 학창 시절 성적이 안 좋았던 건 공부를 안 했기 때문이다. 해 뜨기 전부터 해가 진 뒤까지 운동만 했다. 뜨문뜨문 정규수업에 들어가면 대체 무슨 소리인지 알 수가 없으니 부족한 수면이나 보충했다. 나와 비슷한 성적이었던 미주는 달랐다. 얘는 수업 시간에 절대 조는 법이 없었고 필기도 가장 열심히 했다. 공부하는 걸 보면 전교 1등을 도맡아 하는 우등생이다.

고등학교를 졸업하고 전문대 입학을 앞둔 미주에게 전화가 온 건 사실 뜻밖이었다. 2학년 때부터 같은 반이긴 했지만 그다지 친하지는 않아서였다. 내 안부를 묻는 녀석에게 공장 일을 시작했다고 하니 자기도 관심이 있다며 같이 하자고 했다. 며칠 뒤 새벽, 미주를 만나 함께 통근버스를 타고 정선에 있는 화장품 공장에 도착했다.

총체적 난국이었다. 나도 일을 시작한 지 얼마 안 되어 가뜩이나 눈치를 보던 땐데, 미주는 자꾸 화장실 타령을 했다. 그러니까 커피를 마실 거면 아메리카노 말고 자판기 커피나 커피 믹스를 마시라고 그렇게 얘기했건만. 화장실에 갈 수 있는 건 점심시간을 제외하고 오전과 오후에 한 번씩이다. 그 공장은 아예 시간까지 못 박아놓았다. 화장실을 들락거리고 담배까지 피워대다 보면 라인이 멈추기 때문이다.

그날 우리는 같은 컨베이어 벨트 라인에서 일을 시작했다. 내가 했던 일은 라인을 타고 온 크림을 설명서와 함께 개별포장지에 넣는 것이었고, 미주는 그걸 받아 상자 안에 두 줄로 담아야 했다. 이게 리듬 게임과 비슷해서 컨베이어 벨트 속도에 맞추어 박자를 타기 시작하면 생각보다 수월하다. 그걸 오래도록 지속하는 게 힘들어서 그렇지. 그런데 미주는 손이 느렸고 심지어 박치였다. 요령도 배우려 하지 않았다.

"속도 냅니다, 속도."

군대 조교처럼 나와 미주 뒤에 붙어 있던 조장 언니가 고래고래 소리를 질렀다. 업무 전 교육을 받으면서 그러면 안 된다는 얘기를 분명히 들었을 텐데, 미주는 일을 시작한 지 두 시간도 되지 않아 화장실에 두 번이나 다녀왔다. 그동안 조장 언니가 미주의 몫을 맡았고, 이후로 계속 미주를 예의 주시했다.

"하나야, 나 무서워."

잠시나마 일에 집중하는가 싶었던 미주가 울먹이기 시작했다. 사납게 소리 지르는 조장이 무섭고, 자꾸 자기만 쳐다보는 것 같은 외국인 노동자들이 무섭고, 기계가 돌아가는 소리가 무섭고, 다 무섭단다. 아, 그러면 나보고 어쩌라고, 그만두고 가라고 쏘아붙였더니 그건 또 싫단다.

점심시간이 되기도 전에 기어이 화장실을 한 번 더 다녀온 미주는 그새 십 년은 늙은 얼굴을 하고 있었다. 걔를 이해할 수 없었던 건 그날 일이 전혀 힘든 게 아니어서였다. 힘 좋아 보인다는 이유로 남자들처럼 박스를 적재하는 일에 투입되기도 하면서 그 공장에서 알바생이 하는 모든 일을 직접 겪어보고 내린 결론이다.

오히려 나는 힘쓰는 것보다 컨베이어 벨트가 힘들었다. 애초에 여성 노동자 체형에 맞춰 설비를 만든 것일까, 내가 일하기에는 너무 낮았다. 그러니 늘 꾸부정한 자세로 일하느라 허리가 아팠는데, 미주에게는 딱 맞는 높이였다.

미주의 해맑은 미소를 다시 본 건 점심시간 때였다. 된장국에 소시지볶음, 천사채 샐러드, 시금치 무침, 어묵볶음, 김치, 평범한 메뉴였다. 미주가 식판에 담아온 음식은 내 것과 비슷한 정도의 양이었다. 남기면 또 눈칫밥 먹을 거라는 생각이 들었는데, 미주는 드라마 추노에서 대길이가 달걀 먹는 장면처럼 전투적으로 먹방을 시작했다. 그게 복선이었을 줄은 상상도 못 했다.

"하나야. 소시지볶음 진짜 맛있다. 우리 급식보다 훨씬 더 맛있어."

"그래? 많이 먹어. 그런데 너 과식해서 또 화장실 가는 거 아니야? 여기서는 나도 너 커버 못 쳐준다. 학교도 아니고."

"됐거든? 나 알아서 잘하거든요?"

어이가 없어서 웃음이 터져 나왔다. 내가 웃자 미주도 깔깔거리며 웃었다. 그 모습을 보고 같은 테이블에 있던 정직원이 조용히 좀 하라고 면박을 주자 녀석은 금세 풀이 죽어버렸다. 공장에서 그 정도 텃세는 물 많이 마시면 화장실 자주 가듯 자연스러운 것인데.

"나도 갈래."

식사를 마치고 옥상에 올라가 담배를 피웠고 미주는 그런 내 옆에서 하얀 입김을 불어댔다. 낮에도 기온이 영하 10도인 날이었다. 줄 서서 기다려 뽑은 자판기 커피를 반쯤 마셨을 때쯤 녀석이 갑자기 집에 가겠다고 선언한 건 이유가 있었다. 함께 버스를 타고 오면서 얼굴을 익힌 알바생 몇이 작업복을 벗고 공장을 빠져나가는 모습이 눈에 보였기 때문이었다.

"야. 여기서 어떻게 가려고 그래? 여기는 버스도 안 다녀."

"몰라. 나 갈 거야."

미주의 시선은 이미 공장 울타리 밖의 자유로운 세상을 향해 있었다. 광기 어린 눈빛을 보며 내가 할 수 있는 일이 없다는 걸 알았다. 녀석을 막을 이유도 없었다. 오전 내내 붙어 있으면서 나 역시 꽤 시달렸다. 저녁때까지 챙겨줄 생각을 하면 까마득했다.

미주가 시도한 건 공장에서 흔히 쓰는 말로 '추노'였다. 어폐가 있는 말이긴 하다. 추노는 도망친 노비를 잡으러 간다는 뜻인데, 어쩌다 '알바생이 일을 못 견뎌 도망친다'는 반대의 의미가 됐으니. 미주는 뒤도 돌아보지 않고 계단을 향했다. 추노하러 가는 미주의 등에 대고 소리쳤다.

"야! 천천히 가, 그러다 자빠져."

내 말이 들리지도 않는 듯했다.

"작업복은 벗고 나가야 돼, 이년아! 휴게실 가서 핸드폰 챙기고! 아이폰 새로 산 거라며!"

다시 소리치자 이 말에는 귀를 쫑긋 세우는 게 느껴졌다.

추노하는 사람의 공통점은 다들 다급하고, 죄지은 사람처럼 행동한다는 것이다. 공장에서 추노는 아주 흔한 일이다. 직원에게 자초지종을 얘기한 뒤 반납할 건 반납하고, 맡겨둔 걸 찾아 정문을 나가면 된다. 하지만 대부분 꾀병으로 조퇴하는 학생, 선생님 몰래 땡땡이치는 학생처럼 행동한다.

그날 밤, 퇴근하고 씻고 나오니 미주에게서 전화가 왔다. 집에는 어떻게 잘 갔느냐고 물었다. 공장에서 한참을 걸어가면 사북 터미널까지 가는 버스를 탈 수 있기는 한데 하루에 딱 두 대 다닌다. 즉, 추노를 했다면 몇 시간을 정류장에서 벌벌 떠는 것까지 감당해야 한다. 미주가 했던 선택은 내 상식을 뛰어넘었다.

"잘 들어갔어. 콜택시 불렀거든."

"뭐? 거기까지 들어오는 택시가 있다고?"

"없더라고. 그래서 따블로 준다고 했더니 오더라."

"아이고. 네가 아주 돈지랄을 했구나."

태백 사람들도 가끔 택시를 타기는 하지만 장거리를 가는 건 대개 외지 사람들이다. 겉모습만 대충 훑어봐도 목적지를 가늠할 수 있다. 등산복 입은 사람은 태백산, 잘 빼입은 사람은 검룡소, 퀭한 눈을 한 채 택시 문 열기 직전까지 연신 담배 연기를 뿜어대는 사람은 정선.

우리가 갔던 화장품 공장은 원래 탄광이 있던 자리다. 주변에는 폐가 몇 채가 있을 뿐 그야말로 아무것도 없다. 가끔 커다란 트럭이 오가고, 왜 거기를 지나는지 알 수 없는 차량이 하루에 고작 몇 대 지나가는, 오지 중의 오지다. 거기서 태백 시내까지 콜택시를 타고 갔다니. 택시비로만 하루 일당을 날린 것이다. 중간에 추노했으니 한 푼도 못 받았으면서.

"그런데 하나야. 내가 왜 거기 간 건지 알아?"

"그러게. 너 공장에 왜 온 거야? 버티지도 못할 거면서."

"너랑 친해지려고."

"미친년."

그제야 나는 얘가 단지 '머리는 나빠도 착한 애' 정도가 아니라 제대로 꼴통이라는 걸 깨달았다. 미워할 수는 없었다. 나와 친해지려고 그런 짓까지 불사했다고 하니. 훌쩍거리다가 코맹맹이가 된 목소리도 그렇고, 전과 달리 귀엽게 느껴졌다. 점심때까지만 해도 꼴 보기 싫었는데.

"히힛. 맞아. 나 진짜 미친년 같아."

"그래. 야, 미친년. 이번 주말에 뭐하냐?"

"나? 그냥 집에 있지."

"영화 보러 가자."

아무 말이나 뱉은 게 아니었다. 꼭 보고 싶은 영화가 있어서 혼자라도 영화관에 갈 계획이었다. 미주는 둘이 데이트하는 거냐며 좋다고 꺅꺅거렸다.

토요일 점심에 태백역에서 미주를 만나 무궁화호 열차를 탔다. 지금도 정식 영화관이 없는 태백 시민에게 당시 가장 가까운 영화관은 삼척에 있었지만 우리는 동해를 선택했다. 스크린이 다섯 개나 있는, 강릉 이남의 영동 지역 중에서는 가장 큰 영화관이었다. 주말이라서 열차 안은 만석이었는데, 공장 식당과 달리 마음껏 수다를 떨 수 있어서 가는 길부터 재미있었다.

동해역에서 내리자 미주는 택시부터 잡았다. 나는 버스를 타거나 걸을 생각이었다. 영화관 앞에서 내리자 미주는 사거리 맞은편에 보이는 스타벅스에 가자고 나를 졸랐지만 일단 영화관 건물로 끌고 갔다. 표는 내가 예매해 두었다. 카드사에 통신사 할인까지 받고 상품권으로 계산했다. 미주는 간식을 사기로 했는데 역시 배보다 배꼽이 컸다. 걔가 생각한 간식 항목이란 '영화를 제외한 모든 지출'이었다.

갓 스무 살이 된 나와 미주에게 멀티플렉스는 모험과 신비가 가득한 나라였으며, 우리가 꿈꾸던 그곳이었다. 건물 4층에는 실내 양궁장이 있었는데, 명절 때마다 아이돌 체육대회를 꼬박꼬박 챙겨보던 우리 또래들이 그냥 지나갈 수 없는 곳이었다. 활을 쏘고, 스티커 사진도 찍었다. 5층에 있는 식당에서 떡볶이에 순대를 먹은 뒤 빽다방 커피와 팝콘을 들고 상영관 안으로 들어갔다.

〈그것만이 내 세상〉이라는 영화를 보고 나와 바닷가를 걸었다. 우리 모습은 영화를 보기 전과 너무 달랐다. 펑펑 울고 나온 나는 눈이 부어있었는데, 미주는 한국식 신파가 어쩌고 하면서 평론가처럼 얘기했다. 할리우드 영화와 닮은 게 너무 많다는 얘기도 했다. 알고 보니 얘는 영화와 음악 쪽에 관심이 많았다.

걷다 보니 바닷바람이 차가웠다. 미주가 이끄는 대로 식당에 들어가 앉았다. 횟집이었는데 가격표를 보니 서울에서 온 관광객을 위한 곳이었다. 이름을 알만한 생선회를 대, 중, 소로 나누어 팔았는데 소짜가 팔만 원이었다. 쥐치나 가자미 같은 건 '싯가'에 판다고 적혀있었다. 그냥 나가자고 하려는데 미주가 대뜸 손을 들어 종업원을 불렀다.

"모둠회에 쥐치 들어가나요?"

"네. 쥐치 넣어드릴게요."

"모둠 중짜하고요. 소주는, 너 뭐 마셔?"

당연히 소짜를 시킬 줄 알았는데 중짜를 주문하는 패기에 놀랐다.

주문하고 몇 분도 되지 않아 미역국부터 시작해 밑반찬이 상 위에 쫙 깔렸다. 회무침에 치킨샐러드까지 올라왔다. 숟가락으로 전복죽을 푹 떠서 간장게장을 올려 먹고 있을 때 커다란 접시에 담긴 해산물이 나왔다. 접시의 반 정도를 조악한 꽃과 초록색 푸성귀가 차지했다는 걸 참작해도 제법 푸짐했다.

소주 한 병씩을 비울 무렵 치즈를 올린 가리비구이가 나왔고, 사장님이 모둠회를 들고 왔다. 바닷가에서 못 느꼈던 바다 내음이 물씬 풍겼다. 광어, 노래미, 숭어, 쥐치를 길게 썬 회에 서비스로 넣었다는 방어 뱃살까지, 푸짐했다. 생각과 달리 미주는 술을 잘 마셨다. 내가 따라주는 대로 넙죽넙죽 다 받아먹었다. 상 밑에 줄지어 세워둔 소주병이 네 병째가 될 때 초밥이 나왔고, 다섯 병째에 매운탕이 나왔다.

학교에서 별다른 대화를 나눈 적 없던 우리는 동해에 와서 세상 둘도 없는 단짝처럼 친해졌다. 서로 닮은 점이 꽤 많았다. 먼저 억울하게도 한 끗 차이로 20세기 사람이 된 1999년생이다. 동창이니 이건 뭐 당연하지만. 위에 오빠가 있다. 술을 좋아하고 잘 먹었으며 입맛도 비슷했다. 선호하는 장르는 달라도 영화를 좋아했고, 위너의 팬이었다.

초토화 작전과도 같았던 식사와 음주를 마치고 계산할 시간이 되었다. 으레 더치페이라고 생각했던 내가 얼마나 나왔는지 머리를 굴리고 있을 때 미주가 먼저 자리에서 일어나더니 카운터로 갔다. 그리고는 아주 우아한 손짓으로 카드를 꺼내 계산했다. 깔끔하게, 일시불로.

이전까지 내가 언니처럼 이끄는 형국이었다면, 그 순간은 미주가 언니였다. 그날부터 미주는 내 가장 친한 친구가 되었다.

모로 가도 서울만 가면 된다

수확 없이 오빠 사무실에서 나왔다. 이제 갈 곳이 없었다. 카페는 이미 다녀왔고, 배도 고프지 않았다. 그렇다고 낮술을 먹자니 뭔가 켕기는 것이 있었다. 그게 뭘까 생각해보니 금방 답이 나왔다. 다시 태백에 갈 생각을 해서였다. 그래. 잘 곳부터 마련하자. 태백과 강남을 오가는 시간과 돈을 생각하면 모텔이라도 잡는 게 현명하다는 판단이 섰다.

빌딩 주변을 돌다 보니 건물 사이에 조성한 흡연 구역이 나왔다. 지붕이 있어 뜨거운 햇빛도 피할 수 있는 명당이었다. 앉아 있는 사람 몇이 보였다. 주머니가 여러 개 달린 조끼를 입고 레쓰비 커피를 마시며 휴대폰으로 동영상을 보는 아저씨. 노란 머리에 얼굴 곳곳에 피어싱을 한 삼십 대 노란 머리 여자. 시꺼먼 발을 슬리퍼 안에 넣고 오토바이 헬멧을 쓴 채 다리를 떠는 내 또래 남자. 강남에서 보기에는 묘하게 이질적인 모습이었다. 서울살이를 선택했더라면 나도 비슷한 모습이었겠다는 생각이 들었다.

숙박 앱을 열어 근처 모텔을 검색해봤다. 제일 싼 게 구만 원, 미친 가격이었다. 이만 구천 원을 할인해준다는 쿠폰이 눈에 번쩍 띄었다. 냉큼 누르니 오십만 원 이상 예약할 때 적용된다는 안내 문구가 나왔다. 세상에. 그제야 서울은 모든 곳이 지하철로 이어져 있다는 자각이 들었다. 바보같이 왜 강남에서 잘 생각을 했을까. 지역을 바꿔가며 찾아보니 신림역 근처는 사만 원이었다. 신림역, 나도 알지.

선릉역에서 지하철을 타고 열 정거장을 갔다. 신림역에서 나와 다시 숙박 앱을 확인하니 삼만 오천 원짜리 모텔도 있었다. 곧바로 결제 버튼을 눌렀다. 숙박은 저녁 일곱 시부터 가능하다고 했다. 말인즉슨, 대실을 끊고 들어온 연인들이 쓰고 난 침대를 물려받는 것이었다. 찝찝해도 어쩔 수 없었다. 설마, 시트는 갈아주겠지.

신림도 사람 많고 차 많고 빌딩 많기는 마찬가지였지만, 뭔가 익숙한 촌스러움이 느껴져 강남처럼 이질감이 들지는 않았다. TV로 봤던 순대타운을 구경하고 도림천 길을 걸으며 배가 고파오기를 기다렸다. 그러다가 길거리에 야외테이블을 펴놓고 장사하는 포장마차를 발견했다. 시골에서 오빠 잡겠다고 서울까지 온 아가씨가 혼자 소주를 마시기에 딱 어울리는 곳이었다.

자리에 앉으니 사장 할머니가 메뉴판을 가져다주었다. 여자 혼자 왔다고 하니 고개를 갸우뚱거렸다. 메뉴판을 훑어보니 조개구이와 탕 종류를 파는 곳이었다. 가리비구이에 바지락칼국수를 주문하니 할머니는 양 많이 주겠다며 미소를 보냈다. 역시 이곳에 오기를 잘했다며 내게 칭찬해주고 있을 때 미주에게서 전화가 왔다.

"어. 어디야?"

"여기가 어디지? 아저씨, 여기가 어디에요?"

"야! 너 누구랑 있어?"

"어, 잠깐만."

미주 옆에서 뭐라고 말하는 중년 남자 목소리가 들렸다. 버스 옆자리에 탄 사람인 줄 알았다.

"여기 도곡동이래. 조금만 가면 선릉역."

"야, 너 버스 타고 오는 거 아니었어?"

"집 앞에서 택시 타고 왔는데? 어디로 가면 돼?"

"미친년! 야, 나 지금 신림역이야! 일단 선릉역에서 내려."

직접 운전하는 걸 제외하면, 태백에서 서울까지 오는 교통수단으로 가장 흔한 건 버스다. 다음으로는 조금 오래 걸리더라도 청량리행 무궁화호를 타는 것이다. 여기까지는 정상이다. 자전거나 도보를 택한다면 정상의 범주를 넘어선 모험가일 것이다. 그런데 택시라니.

물론 서울에서 정선까지 택시로 다니는 사람들이 있긴 하다. 도박중독자들이다.

"왜? 신림역까지 가면 되잖아."

"여기 서울이야. 퇴근 시간에 얼마나 막히는데. 지하철 타라."

"그래? 알았어."

기본 안주로 나온 시원한 콩나물국만 가지고 소주 한 병을 비웠다. 연탄불로 구운 가리비를 안주로 또 한 병을 비우자 주인 할머니가 찌그러진 그릇에 바지락칼국수를 가득 담아 불판 위에 올려주었다. 쫄깃한 면발과 칼칼한 국물에 새콤한 김치까지 곁들이니 일품이었다. 날이 조금씩 어두워지자 바람도 시원하게 불었다. 캬아 좋다 하는, 아저씨들이 막걸리 마시며 할법한 소리가 절로 나왔다.

　바지락칼국수를 반쯤 먹었을 때였다. 신림역 주변의 공기가 바뀌는 느낌이 들었다. 그리고 검정 끈나시에 허벅지가 훤히 보이는 핫팬츠를 입고 굽 높은 스니커즈를 신은 여자가 내가 있는 쪽을 향해 똑바로 걸어왔다. 진짜로 왔다. 서울에. 택시를 타고. 미주가. 황지 3대 꼴통 중 단연 독보적인 존재, 태백이 배출한 희대의 미친년.

　"하나야! 나 왔어!"

　미주가 나를 향해 양손을 흔들자 젖가슴이 출렁였다. 주변에 있던 사내들의 고개가 자동으로 돌아가는 게 보였다. 녀석의 겨드랑이 사이에 달린 그것, 분명히 포환 두 개 크기였던 그것이, 볼링공이 되었다. 그새 성형을 했을 리는 없다. 얼마 전에 샀다는, 'A컵이 C컵이 되는 왕뽕브라'였다. 뽕을 얼마나 넣었는지 내가 다 민망한 패션이었다.

　"야, 이 미친년아. 옷이 그게 뭐야?"

　"서울은 덥잖아. 야, 나 배고파."

　"아니, 배고픈 게 문제가 아니라. 미쳤어? 무슨, 태백에서 서울까지 택시를 타고 오냐?"

"왜? 어때서? 모로 가도 서울만 가면 된다잖아."

미주의 말이 이 상황에 맞는 말인지 헷갈린 것과 동시에, '모로'라는 말이 무슨 뜻인지 궁금했지만 그냥 넘어갔다.

"아니, 시발. 너 오버하는 거 아니야? 네 일도 아닌데."

"뭐? 야, 채하나! 너 기억 안 나?"

"또 뭐?"

"와. 어머, 얘 진짜 뭐지? 사이코패스야, 아니면 소시오패스야? 오빠들하고 놀러 가서 약속했어, 안 했어? 무슨 일 생기면 무조건, 서로 돕기로 했잖아!"

이럴 때 보면 마냥 머리가 나쁘기만 한 애는 아니다.

오빠들하고 놀러 갔던 건 우리가 친해지고 나서 처음 맞은 여름날이었다. 만날 때마다 자기 오빠 험담을 늘어놓는 게 대화의 필수 요소였던 우리는 누구 오빠가 더 나쁜지를 놓고 발전적이지 않은 경쟁을 했다. 3차까지 마시고 4차로 간 페투페에서 맥주를 마시던 어느 날, 방학을 맞아 외지에서 돌아온 오빠 둘을 부르기로 했다. 그리하여 그렇게 못 됐다는 미주의 오빠, 우주 오빠를 보게 되었다.

그를 처음 보는 순간 내 귀에 인디 밴드의 노래가 들렸다. "별빛이 내린다. 샤랄랄라라랄라." 미주와 마찬가지로 키는 크지 않았지만 다부진 체형이었다. 의대 본과생이면 피곤함에 찌든 좀비처럼 하고 다닐 것이지, 왜 팔뚝이 보이도록 걷은 흰색 셔츠에, 너무 달라붙지도 헐렁하지도 않은 청바지를 입고 왔느냐고. 사람 설레게. 그 날부터 나는 우주 오빠를 좋아하기 시작했다. 아직 따로 만난 적은 없지만 이제 곧 때가 올 것이다. 군의관 복무 기간이 곧 끝나니까.

미주가 우리 오빠를 좋아하는 건 나와 달리 티가 났다. 독실한 크리스천이라면서 창세기 1장도 안 읽은 년이, 우리 오빠가 책에 파묻혀 사는 것을 알게 된 후로는 매일 도서관을 들락거렸다. 그것도 자기네 집 근처 도서관을 놔두고 굳이 우리 동네에 있는 시립도서관까지 왔다. 길 하나만 건너면 우리 집이라, 내가 비번인 날에는 꼭 집으로 찾아와 비좁은 곳에서 라면이나 커피를 먹고 갔다. 오빠 보러 왔다는 걸 감추지도 못해, 곁눈질하다 내게 여러 번 들켰다.

오빠들끼리도 신기하게 죽이 잘 맞았는데 처음부터 친한 건 아니었다. 우주 오빠를 두고 오빠와 얘기한 적이 있는데, 내가 의대생이니 머리가 좋을 거라고 하자, 오빠는 머리 좋은 사람은 전문직을 택하지 않는다며 딴죽을 걸었다. 의사나 법조인 같은 직업을 가지려면 꽤 오랜 시간을 수련하고 공부해야 하는데, 머리 좋은 사람은 그걸 견딜 필요를 느끼지 않는다는 얘기였다. 오빠 새끼에게 공부나 잘해보고 그런 소리 하라고 쏘아붙였다.

페투페에서 넷이 처음 본 뒤로 남자끼리 따로 술을 마시기도 하며 두 집 남매가 우애를 다질 무렵, '1박 2일' 프로에 나온 근사한 곳이 있다며 남매들의 당일치기 여행을 추진한 건 미주였다. 가볍게 산책하며 경치를 구경한 뒤 근처에 있는 막걸릿집에 들렀다가 기차

역 앞 맛집에서 마무리하자는 구체적인 계획까지 제시했다. 백두대
간협곡열차라는 이름부터 근사한 관광열차를 타자며, 일정부터 맛
집까지 책임진다는 말에 흔쾌히 고개를 끄덕였다. 악마의 속삭임인
줄도 모르고.

그리고 여행 당일, 미주는 자신이 왜 꼴통인지를 여실히, 확실
히, 완벽히 증명했다. 우리의 목적지는 경북 예천에 있는 회룡포였
다. 백두대간협곡열차를 타기 위해 만난 철암역에서부터 그녀의 활
약이 시작되었다. "어? 반대로 봤네? 오전 열차는 철암이 아니라 영
주 출발이래." 하행과 상행 시간표를 헷갈렸다는 것 정도는 애교로
봐줄 수 있었다. 백두대간협곡열차 대신 무궁화호를 두 번이나 갈
아타는 바람에 용궁역까지 네 시간이나 걸리긴 했지만.

용궁역에 내려 빵 쪼가리로 허기를 모면한 뒤 택시를 잡아타고
장안사 주차장에 갔다. 회룡포 전망대로 향하는 길은 가벼운 산책
이라기엔 땀이 뻘뻘 나는 등산 수준이었지만, 도착해서 바라본 경
치는 정말 멋있었다. 원래는 퐁퐁다리였다는, 뿅뿅다리를 건너며
사진도 찍고 즐겁게 놀다 보니 슬슬 배가 고팠다. 미주가 말한 막걸
릿집은 조선 시대 마지막 주막을 복원했다는 삼강주막이었다. 산을
넘어 사십 분만 걸어가면 된다는 말에 오빠 둘이 동시에 한숨을 내
쉬었다.

"잠깐만. 야, 거기 몇 시까지 하는지 알아?"

불안한 마음에 미주에게 물었다. 생각해보니 택시에서 내린 뒤

로 그 흔한 편의점은커녕 식당 하나 본 적이 없어서였다. 미주는 그
건 모르겠다고 천연덕스럽게 대답했다. 녀석만 믿고 사십 분이나
헛걸음할 수는 없었다. 인터넷에 삼강주막을 검색해 전화를 거니,
아니나 다를까, "저희 여섯 시까지만 영업합니다"라는 답이 돌아왔
다. 태백과는 전혀 다른, 경북 말투였다. 이미 다섯 시. 그냥 출발했
으면 전통 있는 주막이 문을 닫고 마감하는 모습만 구경할 뻔했다.

주막은 물 건너갔고, 버스나 택시를 잡으려 해도 아까 내려왔던
산을 끙끙대며 다시 올라가야 하는 상황이었다. 내 머릿속에 문득
제2 뿅뿅다리 건너편에서 봤던 기념품점같이 생긴 곳, '뿅뿅다리 쉼
터'가 떠올랐다. 펜션처럼 넓은 마당에 큰 원두막이 네 개, 바비큐
테이블도 몇 개 있던 곳이었다. 커피와 함께 막걸리를 판다는 문구
가 창문에 붙어 있었다. 그러니 막걸리에 어울리는 안주도 팔지 않
을까 하는 생각이었다.

다행히 내 짐작이 맞았다. 사장님 내외가 운영하는 곳이었는데
두부김치에 부추전, 해물파전 같은 것도 팔았다. 커다란 원두막에
올라가 자리를 잡은 뒤 안주를 종류별로 모두 주문했다. 냉장고에
서 바로 꺼낸 시원한 막걸리는 생명수와 같았다. 다들 말을 잊은 채
이온 음료 마시듯 벌컥벌컥 들이켰다. 산에서 불어오는 바람이 축
축했던 겨드랑이와 등을 말려주었다.

무릉도원 같은 곳이었다. 원두막 아래로 한가로운 강가와 고운
백사장이 펼쳐졌다. 귀에 들리는 건 오로지 바람 소리와 새소리였

다. 고개를 돌리면 온갖 꽃과 나무가 눈에 들어왔다. 참새가 날아와 옆에서 한참을 머물다 가기도 했다. 낙동강의 근원지인 태백 출신 남매들이 강줄기를 따라 내려와 그 지류인 내성천에 와서 신선놀음하고 있다는 게 신기하면서 뭔가 의미 있는 일 같았다.

가장 의미 있던 건 눈썹 개수를 헤아릴 수 있을 정도로 오래도록 우주 오빠를 마주하며 보낸 시간이었다. 웃을 때면 입을 씰룩거리는데 왼쪽이 더 높게 올라간다는 것, 금니가 세 개 있다는 것, 오른쪽 쌍꺼풀이 더 진한 짝짝이 눈이라는 것, 왼쪽 귓바퀴에 복점이 있다는 것 같은, 새롭고 소중한 발견을 했다. 내 옆에서 연신 끄윽 소리를 내며 막걸리와 김치가 섞인 역한 냄새를 풍기던 우리 오빠와 달리 트림도 하지 않았다. 우리 집 남자들과 모든 게 달라서 좋았다.

"여기 진짜 근사하다. 있잖아, 나는 나중에 이런 곳에서 책 읽으면서 살고 싶어."

잠시 정적이 흐를 때마다 미주는 자꾸 자기가 화제를 이끌려고 했다. 눈은 나와 자기네 오빠를 향했지만, 맞은 편에 있는 우리 오빠 새끼의 답을 듣고 싶어 하는 게 보였다. 하지만 어림없지. 오빠의 시선은 줄곧 반짝이는 강물의 윤슬을 향해 있었다. 무엇보다도, 미주는 오빠의 취향이 아니다.

남매답게 나는 오빠 컴퓨터 안에 뭐가 들어있는지 훤히 알고 있다. D 드라이브에 들어가서 폴더 여섯 개를 차례로 열면 하드디스크 용량의 반을 차지하는 야동 폴더가 나온다. 동영상을 하나씩 확인하니 취향이 확고했다. 야동에 등장하는 여자는 하나 같이 쌍꺼풀 없는 눈에 키가 컸으며, 늘씬하면서 골반은 컸다. 잠깐. 딱 수진 언니인데? 아무튼, 진한 쌍꺼풀에 키도 골반도 작은 미주에게 들어맞는 건 가슴이 납작하다는 것 하나뿐이다.

사장님이 이제 마감할 건데 혹시 더 필요한 거 있느냐고 묻자 미주가 막걸리 몇 병을 더 주문했다. 예천 시내에서 매일 출퇴근을 한다는 사장님 부부가 잠시 뒤 가게 문을 닫고 우리를 남겨둔 채 퇴근해버렸다. 넷이서 일대를 완전히 전세 낸 꼴이 됐다. 신이 났다. 우주 오빠가 블루투스 스피커를 꺼내더니 휴대폰과 연결해 이문세 노래를 틀어주었다. 해가 뉘엿뉘엿 기울어도 우리의 열기는 식지 않았다.

그날 밤 낯선 해장국집에서 오빠 둘은 술잔을 기울였다. 그 자리에서 뜨거운 결의와 함께 "두 집 남매에게 무슨 일이 생기면 무조건 서로 돕자"라는 말이 나왔다. 그때 미주는 분명히 졸고 있었는데, 용케도 그걸 들었다니. 게다가 그걸 지금까지 기억하고 있다니.

***

배가 고프다고 징징거리는 미주를 위해 조개구이를 주문했다. 연탄불 위에서 익어가는 조개를 해맑은 눈으로 바라보며, 녀석은 서울에 오니 이런 걸 다 먹어본다고 감탄했다. 나는 그런 미주가 신기했다. 불과 몇 주 전에 엄목교 근처의 '연안부두 식당'에서 함께 조개구이 중짜에 왕새우구이까지 먹었던 걸 정녕 기억하지 못하는 걸까.

어찌 됐건 25만 원이라는 생돈을 택시비로 들여가며 서울까지 온 녀석이다. 잔이 비었기에 소주를 따라주었다. 그때였다. 나보다 먼저 와서 마시고 있던 남자가 화장실에 다녀오며 우리 곁을 지나가다가 내가 앉아 있던 의자를 툭 건드렸다.

"어! 죄송합니다. 여기 바닥이 울퉁불퉁해서요."

큰 충격을 받은 건 아니었지만, 손에 들고 있던 소주잔이 흔들려 가슴팍이 젖었다. 젖은 위치가 절묘했다. 태백에서 출발하기 전 점심을 먹을 때 쫄면 국물이 튄 곳이었다. 물로 닦아도 선명하게 자국이 남았었는데, 소주 덕분인지 미주가 건넨 물티슈로 닦다 보니 희미해졌다.

"네. 됐어요."

그 남자는 지나가지 않고 내 옆에 서서 어색하게 웃고 있었다. 웃음으로 화답하는 성의 같은 건 애초부터 나와 거리가 멀다. 내가 무뚝뚝한 말투로 답하자 그는 머쓱한지 머리를 긁으며 일행이 있는 곳으로 걸음을 옮겼다.

시골과 서울은 예의랄까 화법이랄까, 그런 것이 다르다. 시골 노인네들은 고맙다는 말을 할 줄 모른다. 오일장에서 한 번, 터미널에서 두 번, 나이 지긋한 분들이 떨어뜨리고 간 지갑을 주워서 돌려준 게 기억나는 것만 세 번이다. "할머니, 지갑 놓고 가셨는데요"라며 지갑을 건네니 "고마워"라는 말 대신 "아이고, 그게 왜 거기 떨어져 있어?"라는 의문문이 돌아왔다. 그걸 왜 나한테 묻냐고요.

서울 사람들은 미안하다고 말할 때 꼭 변명이나 핑계 같은 걸 덧붙인다. 보통 '그런데'라는 단어로 시작한다. "미안합니다. 그런데, 이러쿵저러쿵 그래서 그랬어요"라는 식이다. 내 또래로 보이는 남자도 방금 바닥 탓을 했다. 그럼 내가 바닥한테 사과를 받아야 하겠니.

다시 미주와 술을 마시고 있자니 아까 내 의자를 건드리고 갔던 남자 일행이 우리를 향해 뭐라고 떠드는 소리가 들렸다.

"야, 쳐다보지 마."

미주가 나를 쿡쿡 찔렀다.

잠시 뒤 그 남자가 우리 테이블로 왔다.

"저기, 아까는 죄송했어요."

"그런데요?"

"아, 그게. 혹시 두 분이 오신 건가요?"

"네. 그런데요?"

"아……. 괜찮으시면 저희랑 합석하실래요? 남자 셋인데, 제 친구들 되게 재밌거든요."

말로만 듣던 헌팅이었다. 아마도 미주 때문일 것이다.

태백에도 헌팅포차 비슷한 게 있어서 남자들이 여자들이 있는 테이블로 가서 요사를 부리는 꼴을 가끔 본다. 대개 양쪽 다 양아치들이다. 남자의 일행을 힐끗 둘러보니 양아치 같지는 않았지만 별

관심이 가지 않았다.

"저희 진지한 얘기 중인데요."

"아, 저희 진지한 얘기도 좋아해요."

"저희끼리만 할 얘기가 있어서요."

"제가 남의 얘기 잘 들어주는 자격증이 있거든요? 전문가에게 맡겨보시죠."

어디서 되지도 않는 화술 같은 걸 배워온 건지, 알아듣게 얘기를 했음에도 그는 물러서지 않고 질문 자판기라도 되는 양 계속 말을 걸어왔다.

"몇 살이세요?"

"저기요. 눈치 좀 챙기죠. 험한 말 하기 전에."

"제 별명이 카우보이예요. 험한 말을 순한 말로 길들이는 게 전문이거든요."

"아, 진짜. 술맛 떨어지기 전에 그냥 꺼지시라고요."

욕이 나오기 직전이 되어서야 그는 굳은 표정으로 돌아갔다.

"야, 너 왜 또 그래? 그 성질머리 좀 고치라니까. 그러다가 큰일 난다고."

미주가 상기된 얼굴로 내게 말했다.

"큰일 날 걱정해야 하는 건 쟤네들이지."

"아니, 말 좀 곱게 하라고. 그냥 남자친구 있다고 하면 되잖아."

"어? 시발, 그러네."

그렇게 쉬운 방법이 있었다니. 기가 막혔다. 역시 애도 가끔은 똑똑할 때가 있……. 아니다. 그건 거짓말이잖아. 굳이 찾아와서 우리의 대화에 훼방을 놓는 상대에게 거짓말까지 하는 성의를 보일 필요가 뭐가 있어.

미주가 나를 달래며 술잔을 채워주었다. 소주를 털어 넣고 당근을 초장에 푹 찍어 오독오독 씹고 있었다. 그 남자들이 하는 말이 들렸다. 언성이 커져서 이번에는 내용까지 똑똑히 들을 수 있었다. 우리를 두고 하는 얘기였다.

"내 말이 맞지? 레즈라니까, 레즈."

"진짜였네, 씨발. 존나 소름이다."

"아니야, 페미일 수도 있잖아."

레즈비언, 페미니스트. 겉모습으로 내 정체성을 규정하려던 사람들 입에서 심심치 않게 들은 단어들이다. 중학교에 들어간 이후 한 번도 길러본 적 없는 짧은 머리가 한몫했을 것이다. 물론 운동으로 다져진 몸과 화장기 없는 얼굴, 군인같이 딱딱한 말투도 보탰겠지. 되레 그런 점 때문에 여자들한테 인기가 많았다. 빅사이즈 모델 제안을 받은 적이 있고, 학창 시절에는 여자애들에게 고백도 여러 번 받았다.

내 성 정체성을 두고 고민한 적은 단 한 순간도 없다. 남자가 좋다. 환장하게 좋다. 그런데 조개구이집에서 눈이 풀린 채로 들이대는 한심한 남자들 말고, 우주 오빠처럼 멋있는 남자가 좋다. 남자들도 그렇잖아. 나 때문에 헌팅을 시도했겠어? 여자가 봐도 예쁘긴 하지만 어디선가 촌스러움이 풍기는 미주, 서울 구경을 위해 한껏 꾸미고 온 녀석이 만만해 보이니까 노린 거잖아.

"우리 자리 옮기자."

미주의 말에 고개를 끄덕였다. 여기가 홈그라운드였다면 저들에게 가서 응징할 의욕이 생겼을지도 모른다. 하지만 나는 신림역이라는 낯선 곳에 있고, 오빠 새끼를 잡으러 왔다는 명확한 목적과 굳은 각오를 가진 사람이다. 미주가 지갑을 들고 일어나 주인 할머니를 향해 갔다. 테이블 위에 놓인 소주병에 술이 조금 남아있기에 잽싸게 한 잔 따라 마시고 일어났다.

저녁 여덟 시가 다 되었으니 일단 모텔에 들어가서 쉬고 나오려고 했더니 미주가 대뜸 예약을 취소하라고 했다. 특급 호텔 회원권이 있다는 것이었다. 그게 아버지 덕분에 생긴 것인지, 걔가 일하는 호텔에서 준 것인지는 묻지 않았다. 이럴 때는 그냥 조용히 따르는 게 속 편하다. 숙박 앱에서 취소 신청을 했다. 다행히 수수료는 물지 않았다.

미주를 따라 근처에 있는 스타벅스에 들어갔다. 하루에 두 번이나 들르다니, 서울 사람이 되기라도 한 기분이 들었다. 창가에 자리를 잡고 앉아서 미주에게 낮에 있던, 정확히는 오레오 프라푸치노를 먹고 나온 이후의 일을 얘기했다.

공유오피스가 있는 건물에 들어간 것. 외부인 출입을 막을 것 같아 전날에 컨퍼런스 참석자로 예약을 해서 잠입에 성공한 것. 기어이 12층에 내렸더니 책상 네 개만 있고 사무실은 텅 비었다는 것. 신수진이라는 여자를 만나 오빠가 고객의 장례식장에 갔다고 들은 것, 그리고 그게 자주 있는 일이라고 했다는 것.

물론 신수진이 오빠와 과거에 연이 있던 사람인 것 같다는, 확신에 가까운 추측은 자체 편집했다.

"야. 강천 오빠, 진짜 무서운 일에 휘말린 거 아니야?"

"내 말이. 그런데 뭘 하는지 대체 알 수가 없잖아."

"미치겠네. 내일은 나도 같이 가."

같이 간다고 자기가 무슨 도움이라도 될 줄 아는가 싶어 한숨이 나왔다. 그러다 오빠에게 지금 어떤 일이 벌어진 건지 알 수 없는 상황에서, 금수저가 옆에 있으면 훨씬 든든할 것 같다는 쪽으로 생각이 바뀌었다. 미주와 이런저런 얘기를 나누다 보니 술기운이 가셨다.

그새 소화가 되어 출출하기도 했고, 국물이 있는 음식에 밥 한 숟갈을 넘겨야 다음날 속이 편할 것 같았다. 카페에서 나와 근처에 있는 24시간 식당에 갔다. 선지해장국과 제육볶음을 하나씩 시켜 나눠 먹기로 했다. 합쳐도 만 원이 안 되는 가격에 놀랐고, 생각보다 훨씬 맛있어서 또 놀랐다. 경쟁이 치열한 서울 한복판에서 살아남은 집은 다 그만한 이유가 있던 것이다.

어릴 때는 24시간 식당이란 게 밤새 술 먹은 사람들이 해장하기 위한 곳인 줄 알았다. 공장에서 일하다 보니 그게 아니었다. 대한민국 노동자 삼 분의 일이 교대근무로 일한다. 그중 삼 분의 이가 자정 이후부터 다음날 정오 사이에 퇴근한다. 피곤해서 입맛도 깔깔한 그들에게 집에 가서 밥을 차리는 건 또 하나의 노동일뿐이니, 퇴근 길에 편하게 들를 식당이 필요하다.

그런 식당 중에는 24시가 아니라 25시라는 단어를 붙인 곳도 있다. 아마 24시간에 인수인계를 위한 1시간을 더한 것이리라. 그런 식당에서는 일하는 노동자도, 먹으러 온 손님도, 다 교대 근무자다. 서로가 서로를 먹여 살리는 상생의 공간이라고나 할까. 큰돈은 공장주와 건물주의 차지지만.

식사를 마친 뒤 택시로 호텔에 갔다. 우리 집보다 넓은 욕실에서 개운하게 씻고 나오니 기분이 한결 나아졌다. 커튼을 걷자 서울 시내가 한눈에 들어왔다. 자정이 가까워져 오는데도 자동차 불빛이 꼬리에 꼬리를 물고 이어졌다. 고개를 들어 올려다보는 일이 더 많은 내게 이렇게 높은 곳에서 아래를 내려다보는 건 익숙하지 않은 일이다.

한강 다리와 남산타워를 바라보다 문득 별이 눈에 들어왔다. 서울에서도 별을 볼 수 있다니. 북두칠성도 눈에 들어왔다. 흔하디흔한 별자리다. 육상부에서 밤늦게 훈련을 마치고 흙바닥에 앉아 땀을 식힐 때, 공장에서 야간조로 일하다가 담배를 피우러 나왔을 때도 북두칠성을 보았다. 하지만 별 감흥을 느낀 적은 없었다.

내가 본 가장 선명한 북두칠성은 남매들이 함께 여행 갔던 경북 예천의 밤하늘에 떠 있던 것이었다.

***

이문세를 따라 떼창을 하던 우리가 입을 닫은 건 미주에게 용궁
역으로 돌아가는 차편을 물었을 때였다. 미주는 "택시 부르면 되겠
지"라고 답했다. '겠지'라는 대목에서 그녀의 꼴통 기질을 잠시 잊었
던 나를 원망했다. 정신이 후딱 들어 콜택시 회사를 검색해 전화를
걸기 시작했다. 근처 읍내에 있는 업체조차 너무 멀어서 올 수 없단
다. 저물던 석양이 산 뒤로 숨는 속도가 빨라졌고, 덩달아 우리 마음
도 급해졌다.

"걸어가지 뭐."

미주가 태연하게 걸어가자고 했다. 미친년. 공장에서 추노 할 때
가 아니라 그때 '따블'을 외쳤어야 했다. 지도 앱을 들여다보던 오빠
새끼가 용궁역까지 1시간 46분이 걸린다고 했다. 그 말에 다들 걸어
갈 만하다는 표정을 지었다. 우리를 기다리고 있는 미래가 눈에 훤
히 보였지만, 내가 체념하고 받아들인 건 오직 우주 오빠와 함께 밤
길을 걷는다는 이유 하나 때문이었다.

원두막에서 내려와 운동화 끈을 질끈 묶었다. 사장님이 퇴근 전
에 알려준 대로 빈 막걸리병을 분리수거함에 버리고 음식 그릇을
개수대에 놓은 뒤 야간 행군을 시작했다. 갈림길 하나 없이 곧은 포

장도로가 쭉 이어져 길 잃을 걱정은 없었다. 땅거미가 내린 지 오래된 논밭에서는 짝짓기하자고 외쳐대는 개구리와 맹꽁이 소리가 시끄럽게 울렸다.

그나마 몇 있던 민가마저 보이지 않을 무렵 '여기가 마지막'이라는 의미심장한 이름의 민박집 간판이 보였다. 무슨 의미로 지은 이름인지 모두가 알 수 있었지만 애써 못 본 척하며 지나쳤다. 태백에 돌아가기 위한 가장 합리적인 선택은 일단 그 민박집에서 푹 자고 다음 날 오전을 도모하는 것이었다. 하지만 우리는 모두 우주 오빠가 다음 날 아침 8시, 용궁면의 첫 버스가 다니기도 전에 해부학 실습에 들어가야 한다는 걸 알고 있었다. 그러려면 밤 9시 36분에 도착하는 영주행 무궁화호 마지막 열차를 반드시 타야 했다.

다리를 건널 때는 해가 완전히 졌다. 가로등도 없는 깜깜한 시골길을 마냥 걸었다. 지도 앱과 달리 2시간이 넘게 7.2km를 걸어야 했다. 우리와 마주치자 "주여"라고 소리쳤던, 두 발로 서 있는 게 용해보이던 호호 할머니 한 분을 빼면, 용궁역에 도착하는 동안 사람 그림자도 못 봤다. 우리를 스쳐 간 자동차는 다 합쳐 다섯 대였다. 육상부에서 합숙 훈련할 때 담력 테스트를 한다고 해서 갔던 시골길보다 독한, 오지 중의 오지였다.

칠흑 같은 어둠 속에서 내내 훌쩍이며 걷던 미주는 마침내 기차역이 눈에 들어오자 언제 그랬냐는 듯 밝은 표정으로 다 왔다고 소리쳤다. 무인 역사라더니 불 하나 들어오지 않는 플랫폼에서 조용히 열차를 기다렸다. 뭔가 계속 꼬이기만 하는 게 반복되다 보니 여기가 폐역인 건 아닌가 하는 의구심마저 들었다. 다행히 역 근처에서 운동하는 아주머니 한 분이 눈에 보였다. 달려가 여쭤보니 기차가 서는 곳 맞단다. 도착 직전이 되자 가로등에 불이 들어왔고, 그제야 모두 안도의 한숨을 쉬었다.

예정에 없던 야간 행군은 무섭고 힘들었지만, 사실 진짜 최악이었던 게 따로 있었다. 먹은 만큼 비워야 하는 게 유기체의 숙명. 역에 도착하기 전까지 으슥한─사실 모든 길이 으슥했지만─곳을 찾아 두 차례의 노상 방뇨를 했다. 남자들이야 바지 지퍼만 내리면 되는 데다가 지상에서 1m 이상 떨어져 안전한 수도꼭지를 틀고 곡사로 발사할 수 있지만, 나와 미주는 구조상 직사만 가능했다. 온갖 해충은 물론 뱀까지 기어 다니고 있을지 모르는 풀밭 위에 궁둥이를 대는 건 끔찍한 일이었다.

두 번째 노상 방뇨를 할 때였다. 개 짖는 소리조차 들리지 않는 곳이었다. 오빠들과 도로 반대편에서 각자 볼일을 보기로 한 뒤 목표 지점을 확인하고 휴대폰 플래시를 껐다. 바지와 속옷을 내리고 쪼그려 앉아 배에 힘을 주었다. 발밑으로 물이 졸졸 흐르는 소리가 들려 고개를 드니 내 앞에 미주의 새하얀 엉덩이가 둥둥 떠 있었다. 아무리 피부가 하얗다고 해도, 그 어둠 속에서 달덩이처럼 빛날 줄이야. 친구라고 해도 민망하여 고개를 드니 태백보다 선명하게 보이는 북두칠성이 보였다.

"아!"

나도 모르게 탄성이 나왔고, 그 소리에 깜짝 놀란 미주가 비명을 지르며 공중으로 날아올랐다. 뱀 나온 거 아니냐며 호들갑을 떠는 녀석에게 아니라고, 저 별 좀 보라고 하니 내게 들입다 화를 냈다. 자기 손과 옷에 오줌이 묻었단다. 그 흔한 북두칠성에 그토록 감탄했던 이유는 지금도 모르겠다.

두 량짜리 열차의 승객은 우리뿐이었다. 한 시간 만에 영주역에 내린 우리는 해장국집에 들어갔다. 나와 미주가 휴대폰을 만지작거리느라 여념이 없던 동안 오빠 둘은 여흥을 즐긴다며 주거니 받거니 소주를 마셨다. 남자들이란, 고작 두 시간 걸은 걸 두고 어찌나 양념을 치던지. 판타지 소설 작가들 같았다. 걷다가 팔뚝만 한 크기의 뱀을 봤는데 여자들 놀랄까 봐 논으로 몰래 던졌다고 하자, 살모사 아니었느냐고 거드는 식이었다.

두 집 오빠의 얘기는 정치, 사회, 종교로 이어졌다. 의기투합한 둘이 갑자기 손을 굳게 맞잡기도 했다. 그때 우주 오빠 눈빛이 반짝반짝 빛났는데, 그게 참 멋있었다. 우리 오빠 새끼가 입만 살아있는 방구석 지식인이라면, 우주 오빠는 민중을 이끄는 혁명가 같았다. '당신의 혁명에 도움이 된다면, 행주치마 입고 돌이라도 나르며 따르겠어요'라고 마음속으로 속삭였다.

있는 집 자식과 없는 집 자식은 가족 얘기를 할 때 확연히 갈렸다. 우리 오빠는, 그리고 나는, 밖에서 가족에 관한 얘기는 삼가는 편이다. 미주는, 그리고 우주 오빠는 망설이는 것도 없이 부모 얘기를 했다. 그게 아들하고 딸이 또 달랐다. 미주도 자기 아빠 험담을 한 적이 있었지만, 그건 양말을 뒤집어서 벗는다는지 길거리에 침을 뱉어서 창피하다든지 하는 정도였다. 우주 오빠는 냉정하고 적나라하게 평가했는데 그게 험담에 가까웠다.

그의 입을 통해 비로소 미주네 아버지의 과거와 현재를 제대로 듣게 되었다. 우주 오빠는 자신의 아버지가 벌인 사업을 못마땅하게 생각했다. 더러운 돈이라는 표현도 했다. 지역 유지들과 교류하며 자꾸 딴마음을 먹는 게 영 불안하다고 했는데, 그 딴마음이라는 게 뭔지는 나중에 알게 됐다.

남자 둘이 더럽게 맛없는 해장국을 안주로 소주 여러 병을 비우고 비장한 결의까지 하는 동안, 나와 미주는 내내 틀어놓은 식당 TV의 종편 뉴스에 시선을 두다가 꾸벅꾸벅 졸기도 했다. 더 마시겠다던 오빠 둘을 식당에서 끌고 나와 찜질방에 갔다. 간단하게 씻고 자리를 잡고 누웠다. 잠깐 자다가 화장실에 가려고 일어나니 우주 오빠는 없었다. 눈만 잠깐 붙이고 새벽부터 길을 나선 오빠를 떠올리니 가슴이 아팠다.

재작년 봄, 태백 시내는 한동안 아침부터 밤까지 시끄러웠다. 지역 경제와 민심이 함께 식은 것에 반해 선거 분위기는 지나치게 과열되었다. 온갖 구설수가 나돌던 선거가 끝나고 며칠 뒤, 당선된 사람이 인사한다고 태백에 왔다. 그날 저녁, 태백에서 가장 비싼 일식

집에 높은 사람들이 잔뜩 모였고, 새벽까지 이어진 술자리를 미주 아빠가 모두 계산했다는 소문이 돌았다.

북두칠성을 바라보며 옛 기억을 떠올리던 중 객실 안에 벨 소리가 울렸다. 누군가 찾아온 것이다. 내가 깜짝 놀라 자리에서 일어난 이유는 찔리는 게 있어서였다. 화장실에서 씻을 때 담배를 피웠기 때문이다. 그게 혹시 엄청난 잘못이었나 싶어 가슴이 덜컥했다. 미주가 아까 룸서비스 시켰다며 욕실 안에서 큰 소리로 말했다. 그제야 안심하고 문을 열어주었다.

호텔 직원이 음식을 내려주는 걸 도와주려고 팔을 내밀다가 멈칫했다. 이럴 때는 그냥 가만히 있는 게 매너라고 어디선가 본 것 같았다. 커다란 식탁 위에 인삼이 들어간 젤라토와 과일 위에 초콜릿을 끼얹은 무언가, 다양한 종류의 치즈, 와인과 맥주가 놓였다. 직원이 과분할 정도로 친절하게 인사하고 나갔다. 낯선 음식을 눈앞에 두고 가만히 앉아 있으니 미주가 가운만 걸치고 나오며 밝은 목소리로 말했다.

"그래도 휴가잖아."

그래, 맞다. 오빠 새끼를 잡는 게 목적이었지만, 저 모자란 아이가 태백에서 강남까지 택시를 타고 온 이후로 정신이 없어 까맣게 잊고 있었지만, 여름휴가다. 성인이 된 후로 처음 맞는.

미주가 와인잔을 내밀며 건배하자고 했다.

"야, 미주 너는 원샷해."

"원샷? 세상에, 이거 엄청 좋은 와인이야. 천천히 음미하면서 마셔야지."

"음미로 나발이고 쭉 마시고 내일 늘어지게 자. 휴가잖아."

"됐거든요? 천천히 오래오래 마실 건데요? 나 떼어놓고 가려고 그런 거잖아."

이럴 때 보면 눈치가 참 빠르다.

특급 호텔과 고급 와인, 모두 나와 어울리지 않는 우아한 것들이지만 현재를 즐겨보기로 했다. 생맥주와 병맥주까지 번갈아 마시다 보니 조금씩 취기가 올라왔다. 페투페에서 필름이 끊기도록 술을 마신 지 만 하루밖에 지나지 않았다. 하루 동안 그렇게 많은 일이 생겼다니, 뭔가 꿈을 꾼 것 같기도 했다.

기억에서 지워졌던 어젯밤이 불쑥 떠올랐다. 맞다. 나와 합석했던 그 아저씨가 카카오 택시를 불러주었다. 그러니 내가 결제한 흔적이 없지. 그리고 꽤 오래 진지한 얘기를 했던 거 같은데. 아마 우리 집 얘기를 털어놓았나 보다.

"누구나 소설가가 될 수 있지만, 좋은 소설가는 아무나 될 수 없거든요. 무능한 아버지와 지극한 정성의 어머니를 둔 사람 중에 좋은 소설가가 많더라고요. 그래서 나도 계속 소설을 쓰는 거예요."

일산에서 온 소설가라고 자신을 소개했던 것까지 기억이 났다. 취재 어쩌고 하기에 기자인 줄 알았더니만. 대학 시절 무전여행 할 때 태백에 들른 적이 있는데, 그때 겪었던 일을 바탕으로 장편소설을 준비하는 중이라고 했다.

내 얘기를 다 들은 그는 나보고 소설을 써보라고 했다. 웃었다. 소설은커녕 스무 살 이후로 책 한 권 제대로 읽어본 적이 없는데 무슨. 그래도 즐거웠던 건 평소에 나누지 못했던 주제로 대화를 했기 때문이었다. 학창 시절에 운동하던 얘기, 공장에서 일한 얘기, 나를 속상하게 만드는 가족들 얘기를 그는 유심히 들어주었다.

헤어지기 전 그 아저씨는 태백 밤하늘에는 별이 참 많다며 손을 뻗어 별자리를 하나씩 알려주기도 했다. 그는 오늘 무엇을 했을까? 소설가니까 남들과 다른 하루를 보냈겠지? 아침에는 장칼국수를 먹었을까? 처음 태백에 왔을 때 용연동굴에서 만난 사람을 다시 보고 싶다고 했는데, 그 사람과 뭘 했다고 했더라?

미주가 휴대폰으로 셀카를 찍기 시작했다. 온갖 교태를 부리며 찰칵거리는 꼴을 지켜보다가 녀석이 오빠 새끼 번호를 '우리 강천 오빠♥'라는 이름으로 저장한 것이 떠올랐다. 그동안 나 몰래 둘이 무슨 수작을 부린 건 아닌가 하는 의심이 들었다. 완강하게 부인하던 미주가 기어이 둘이 따로 만난 적은 있다고 자백했다. 너무 놀라서 소파 뒤로 나자빠질 뻔했다.

"미친년! 너 혹시, 우리 오빠랑 잤어?"

"야, 큰일 날 소리를! 거기까지는 아니거든?"

"거기까지는? 는? 진도를 빼기는 뺐다는 거 아니야? 씨발, 이 연

놈들이 진짜!"

"뭐래. 야, 너네 오빠 진짜 단호하더라. 단호박인 줄."

본격적으로 취조를 시작하려는데, 눈앞이 빙빙 돌았다. 우아하게 마셔야 할 와인을 품위 없이 마구 들이켰기 때문이었을까. 나는 그대로 소파 위에 몸을 눕혔다. 또 필름이 끊겨버렸다.

사기꾼들 전성시대

최고급 침대가 있는 호텔이나, 공장 기숙사나, 우리 집이나, 취하도록 마신 다음 날 머리가 아픈 건 다를 게 없었다. 다행히 일찍 눈을 떴다. 외출 준비를 마친 내가 서두르라고 보채자, 미주는 전날 많이 먹어서 눈이 부었다며 가라앉을 때까지 조금만 기다려달라는 말을 일곱 번이나 했다. 녀석이 풀 메이크업을 하며 변신하는 장관을 지켜본 뒤 함께 호텔에서 나왔다.

대기하고 있던 택시를 타고 선릉역으로 향했다. 이번에는 전날과 다른 작전으로 나가기로 했다. 먼저 오빠네 회사 홈페이지에 있는 대표번호로 전화를 걸었다. 한참 신호가 울렸는데 아무도 받지 않았다. 두 번, 세 번을 걸어도 마찬가지였다. 역시 유령회사구나 하고 탄식하다가 네 번째로 전화를 거니 한 남자가 전화를 받았다. 오빠 목소리는 아니었다.

"네, 진동호입니다."

회사 홈페이지와 공정거래위원회 사이트에서 봤던 이름이 들렸다. 럭서리브레인의 대표, 우리 오빠에게 최강천재라는 되지도 않는 별명을 붙여 바지사장으로 내세운 것이 분명한 바로 그놈, 진동호였다. 채강천의 동생이라고 하니 그가 반색을 했다.

"그 여동생분이시구나. 반가워요."

"어? 저를 아세요?"

"그럼요."

전날 수진 언니도 그랬고, 진동호라는 사람도 그렇고, 오빠 새끼는 대체 이 사람들에게 내 얘기를 왜 하고 다닌 걸까? 화가 치밀어 올랐지만, 침착을 유지하려고 노력했다.

"지금 사무실 앞인데요. 잠깐 올라가서 뵐 수 있을까요?"

"네? 아, 그게, 사무실 전화를 제 휴대폰으로 돌린 거거든요. 안에 지금 아무도 없는데……."

남들 다 출근해서 한창 일하고 있을 아침 9시 20분에 텅 빈 사무실이 있다? 말도 안 된다. 유령회사니까 그런 거다. 그가 곧바로 전화를 끊을지 모른다는 불길한 예감이 들었다. 잠시의 정적 뒤에 그가 의외의 답을 했다.

"제가 지금 올림픽대로에 있거든요? 사고가 났는지 꽉 막혀서 움직이지를 않아요. 괜찮으시면 로비에서 조금만 기다려주시겠어요?"

올림픽대로가 어디에 있는지는 몰라도 그를 만날 수 있게 됐다는 생각에 주먹을 불끈 쥐었다.

"뭐래? 만나주겠데?"

전화를 끊자 미주가 호들갑스러운 목소리로 물었다.

"어. 보기로 했어."

"오케이."

택시가 회사 건물 앞에서 멈췄다. 미주는 나와 함께 들어가려고 했지만, 아무리 생각해도 함께 쳐들어가는 건 아닌 것 같았다. 전날 내가 갔던 스타벅스에서 기다리고 있으라 하니 녀석은 잠깐 아쉬워했다가 이내 생기 돈 표정으로 바뀌었다. 녀석을 보내고 나 혼자 건물 안으로 들어섰다.

진동호 대표는 열 시가 다 되어서야 로비에 나타났다. 비비크림을 발랐는지 허여멀쑥한 얼굴이었다. 그의 출입증으로 엘리베이터를 타고 함께 12층에 올라갔다. 사무실에 들어가는 동안 그는 세 차례에 걸쳐 전화 통화를 했다. 수가 훤히 보였다. 괜히 바쁜 척하면서 밑밥을 던지는 것이다.

사무실에 들어가자마자 노트북부터 켠 그는 나를 라운지에 데리고 가더니 커피머신으로 아메리카노 한 잔을 뽑아주었다. 그리고 잠깐만 기다려 달라고 하더니 종종걸음으로 사무실에 돌아갔다. 한참을 기다려서 겨우 만났는데, 그가 준 커피가 마치 보채는 어린아이 달래려고 주는 알사탕 같았다.

"죄송합니다. 오래 기다리셨습니다."

다시 나타나 내 앞에 앉은 그는 숨을 헐떡이고 있었다. 거기서 여기까지 몇 미터나 된다고. 나는 오버하는 사람이 제일 싫다. 길을 걷다 서로 피하지 않아 어깨를 부딪쳐 놓고는 뼈가 부러진 것처럼 인상을 쓰며 엄살을 부리는 사람, 발을 밟아 놓고는 별로 걱정하거나 미안한 표정을 짓지도 않은 채 말로만 괜찮으시냐고 호들갑 떠는 사람.

"많이 바쁘신가 봐요?"

"아, 하하. 그러게요. 아침부터 계속 일이 몰리네요."

"우리 오빠는 어디에 있어요? 또 장례식장 갔나요?"

"채 대표님이 항상 바쁘신데, 요즘은 특히 그래요. 약속 안 잡고 오신 거죠?"

전화도 안 받는 인간인데 약속을 어떻게 잡느냐고 되물으려다 꾹 눌러 참았다. 그가 말을 이었다.

"미리 약속 잡지 않으면 만나기 힘든 분이에요."

"엄청 대단한 일이라도 하나 보네요."

"의미 있는 일이죠. 올해 연말까지 일정이 꽉 찼어요."

"무슨 일을 하는 거죠? 뭐 하는 회사에요?"

곧바로 본론으로 들어갔다. 그는 나와 삼십 분 정도 대화를 나누고는 다시 사무실로 갔다.

얘기를 마치고 건물 밖으로 빠져나온 뒤에야 그에게 들은 얘기 중 내가 제대로 이해한 게 별로 없다는 것을 깨달았다. 그가 말하는 채강천은 내가 아는 오빠와 다른 사람 같았다.

"오래 걸렸네? 뭐래, 오빠 어딨대?"

스타벅스에 들어가 한참을 둘러보다 겨우 찾아낸 미주는 알이 커다란 선글라스를 끼고 생전 보지도 않는 책을 펼쳐둔 채였다. 내가 진동호를 만나고 오는 동안 SNS에 올릴 사진을 찍느라 제법 바쁜 시간을 보낸 듯했다.

"몰라. 바쁘대. 다 바쁘대. 진동호도 바쁘고, 우리 오빠도 바쁘고. 어제 봤던 신수진도 바쁘고."

"원래 사기꾼들이 더 바쁘잖아. 아니, 강천 오빠가 사기꾼이라는 건 아니고. 이용당하고 있는 거겠지. 딱하게도."

"모르겠다. 야, 나는 대체 무슨 얘기를 들은 건지 진짜 모르겠거든? 네가 잘 듣고 해석 좀 해봐."

나는 진동호가 내게 들려준 얘기를 최대한 기억해 내어 미주에게 들려주었다. 내 말을 다 들은 미주가 고개를 갸웃거렸다.

"그게 다야? 그래서 뭘 한다는 건데?"

"내 말이! 뭐, 약속을 잡아야 볼 수 있고, 연말까지 일정이 꽉 차 있어? 지가 무슨 연예인이야?"

백지장도 맞들면 낫다고 하지만 꼴통 둘이서 머리를 맞대봤자 돌가루만 날릴 게 뻔했다.

일단 배부터 채워야 머리가 돌아갈 것 같다는 미주의 말이 일리가 있었다. 녀석이 자신 있게 길을 인도하는 것을 보니 나를 기다리는 동안 맛집 검색까지 한 게 분명했다. 깔아둔 자갈 사이에 박힌 넓적한 돌을 밟으며 들어간 곳은 브런치를 파는 카페였다. 브런치 그

까짓게 뭐라고, 그냥 아점인데, 그게 뭐 대단한 것처럼 쓸데없이 비
쌌다.

공장에서는 이제 오전 중 유일하게 화장실을 갈 수 있는 시간이
었다. 내내 수그리고 일하던 이모들이 허리를 펴며 신음을 토하는
시간, 강남 한복판에서는 직업이 없는 것 같은 사람들이 한가롭게
커피를 마시며 포크로 음식을 집어 먹으며 예능 프로그램 얘기를
나눴다. 그 모습이 생경했다. 미주도 머지않아 저렇게 살게 되겠지.

짜고 달고 신 양념으로 범벅을 한 푸성귀와 빵 쪼가리 몇 개, 감
자튀김, 달걀 프라이, 햄 한 덩이가 전부였다. 빈속에 그거라도 먹으
니 속은 한결 편해졌지만, 서울에 온 지 이틀째에도 오빠를 어떻게
잡을 수 있을지 갈피조차 잡지 못하고 있는 상황이 답답했다.

"하연 언니한테 연락해 보자."

"하연 언니? 야, 너 서울에 놀러 왔어?"

"야, 채하나! 너 진짜 서운하게 말한다? 언니가 그래도 기자 아니야."

"그래, 그렇지. 기자는 기자지."

하연 언니는 우리 황지 꼴통스의 창립 멤버 중 하나다. 대졸 백
수이자 만년 취준생으로 집에만 있던 언니는 밖에 좀 나가라는 엄
마 등쌀에 돈을 벌겠다며 알바를 시작했다. 그게 우리 공장이었다.
일머리가 없어서 답답한 스타일이었는데 사람은 또 착했다. 사회생
활에서 그런 유형과 친해지면 손이 많이 간다.

하루는 그대로 뒀다간 큰일 나겠다 싶어서 일부러 큰소리를 내

며 지적을 했다. 전날에 이어 또 불량을 냈기 때문이었는데, 반장 언니에게 걸리면 "그거 다 자기 돈으로 물어내야 되는 거 알지?" 하면서 반협박을 할 게 불을 보듯 뻔했다. 내가 눈을 부라리며 몰아붙이자 언니는 눈물을 뚝뚝 흘리며 잘못했다고 했다. 마음이 편하지는 않았지만 다들 보는 앞에서 곧바로 달래줄 수는 없는 노릇이었다.

점심때가 되어 식당에 가니 언니가 여전히 울상인 채로 혼자 밥을 먹는 모습이 보였다. 그녀 맞은 편에 식판을 내려놓고 앉았다. 나를 보자 가뜩이나 큰 눈을 동그랗게 뜨며 언니가 고개를 꾸벅 숙였다. 맛있게 먹어요. 무뚝뚝한 내 말에 언니는 감동이라도 받은 듯한 뭉클한 표정으로 답했다. 언니도 맛있게 드세요.

이후로 식사하는 동안 아무 말도 하지 않았다. 언니는 다 먹고 나서도 내가 식사를 마치기를 기다렸다가 졸졸 따라왔다. 언니, 어디 가세요? 담배 피우러요. 저도 같이 가요, 언니. 그러시던가. 그렇게 함께 흡연장에 갔다. 담배를 꼬나무는 모습이 일이 년 피운 초짜는 아니었다. 내내 입을 다무는 게 조금 불편해서 간단하게 호구 조사를 했다가 정말 불편해졌다.

"어머, 저도 그 학교 나왔는데. 몇 회세요?"

같은 고등학교를 나온 우리는 서로의 졸업 연도를 확인했다. 하마터면 담배를 떨어뜨릴 뻔했다. 그녀는 나보다 세 살이 많았다. 그러니까, 한참 선배였다.

"공장 일도 잘 알고 어른스럽고 그래서, 언니인 줄 알았는데. 후배님이었네요."

'었구나'가 아니라 '었네요'라고 말을 끝내는 것에 살짝 놀랐다. 조금씩 반말을 섞으며 말을 편하게 하다가 결국 말을 놓으려고 할 줄 알았기 때문이다. 아무리 공장에서 일로 만난 사이라고 해도 이 좁은 태백 바닥에서 고등학교 후배에게 존댓말을 하는 게 쉬운 일은 아닐 텐데, 그녀는 이후에도 내게 직장 선배 대우를 했다. 기어이 반장에게 찍혀서 잘릴 때까지 말이다.

공장에서 알게 된 사람 중에 밖에서 함께 술을 마시는 사이가 된 건 그녀가 처음이었다. 언론고시란 게 사법고시 같은 진짜 고시가 아니라 입사 시험이라는 걸 그녀를 통해 처음 알게 됐다. 그래도 꽤 어렵다고 했다. 하긴, 보통 사람한테는 일기 한 장 쓰는 것도 어려운 일이니까.

강원도가 아닌 서울에서, 다른 직업도 아니고 오직 기자로 살고 싶어 했던 그녀는 마침내 꿈을 이루었다. 다만 우리 모임 이름에 괜히 꼴통이란 말이 들어간 게 아니어서, 정식 언론사가 아닌 황색언론, 이른바 찌라시, SNS 타임라인마다 바퀴벌레처럼 지긋지긋하게 나타나는 그곳의 기자가 되었다.

자신이 하는 일이 '우라까이'라고 했던 하연 언니의 첫 기사 제목은 '유명 치어리더 A, 외제 차 안에서 속옷만 입고 남자친구와, 헉!' 이었다. A라는 치어리더의 속옷 광고 촬영 현장을 다룬 것으로, 다른 언론사 기사를 대충 붙인 것이었다. 요즘에는 별것 없는 것을 뻔히 알면서도 클릭하게 만드는 실력이 꽤 늘었다. 제목 붙이기 분야는 거의 장인의 경지에 이르렀다.

***

"비슷한 케이스가 많아. 코로나 이후로 특히 심각해졌단 말이지. 온라인 강의가 폭발적으로 성장했잖아. 자본금 없이 돈 버는 방법을 알려준다느니, 자기가 영업의 왕이라느니, 책을 써서 부자가 되어 인생을 바꾸라느니. 전부는 아니겠지만 대부분 사기지."

하연 언니는 그새 분위기가 많이 바뀌었다. 전까지 어딘가 청초하면서 맹한 이미지였다면 이제는 드라마에 나오는 옛날 운동권 학생처럼 보였다. 트레이드 마크였던 긴 생머리도 싹둑 잘라 아무렇게나 질끈 묶었다. 늘 입던 세미 정장 대신 청바지에 티셔츠 차림이었다. 그동안 콘택트렌즈를 끼고 다녔던 건지 잠자리 안경까지 꼈다.

불판 위에서 익어가는 고기가 이제 몇 점 남지 않았지만, 추가 주문을 하자는 사람은 없었다. 소주잔을 비우려니 언니와 미주가 잔을 내밀었다. 막잔이니 건배를 하자는 것이었다.

"그때 나는 네가 공장에서 꽤 오래 일한 줄 알았거든. 그런데 아니었잖아. 남들보다 일을 빨리 배운 거지."

우리가 처음 만났던 때를 얘기하며, 언니는 내가 공장 일을 빨리 배운 게 책을 읽어서냐고 물었다.

"아니지. 그냥 뭐, 눈치로 배우고, 요령 익히고."

"그렇다니까. 인생 살아보면 다 알잖아. 지름길 같은 게 어딨어?
그런 건 다 그 분야에 소질이 있는 극소수의 얘기지. 너는 운동 쪽하
고 공장 일에 소질이 있는 거야. 그런데 이 책 한 권만 읽으면 어느
공장에서도 정직원으로 뽑힐 수 있다는 내용의 책이 있다고 해봐.
그게 사기야, 아니야?"

"사기지."

언니의 말에 나는 격하게 고개를 끄덕였다.

"투자의 달인이며, 경매의 신이며, 영업의 왕이라는 사람들이 책
을 낸다? 왜? 자선사업가도 아니면서, 왜 자기만 아는 비법 같은 걸
공개해?"

"맞지? 우리 오빠 사기당하고 있는 거지?"

"글쎄. 대부분 본인이 원해서 사기를 치는 거지, 이용당하는 경
우는 거의 못 봤거든."

"언니가 걔를 몰라서 그래. 그 등신 같은 인간이 그럴 리가 없다
니까. 사기를 당하면 당했지, 사기 칠 위인은 못 돼."

역시 서울에 사는 사람은, '기레기'라고 놀림당하고는 있지만 열
개가 넘는 기사를 매일 쏟아내는 기자는, 뭐가 달라도 달랐다. 오빠
에 대한 내 의심과 정황 증거만 가지고 빠르게—정확한지는 몰라도
—진단을 내렸다. 오빠가 이용당하고 있다는 내 전제는, 언니 말대
로 가족이기 때문에, 팔이 안으로 굽어서일 수 있다.

"동영상을 다 본 건 아니지만, 요즘 이런 콘텐츠가 꽤 많거든. 우리는 '저격충'이라고 부르는데. 말 그대로 개인 방송을 이용해 누군가를 저격하는 거야. 어떤 연예인이 뒷광고를 했다, 어느 회사 제품은 과장 광고다, 어떤 선수가 학폭 가해자다, 뭐 그런 거지. '충'이라는 말이 붙은 건 결국 자기도 돈을 벌려고 하는 애들이니까. 까려고 붙인 거지. 그중에서도 질이 떨어지는 애들은 '사이버 렉카'라고 부르고."

언니의 요점은 오빠가 하는 일이 특별한 사기도 아니고, 그런 방송을 하는 사람이 워낙 많다는 것이었다. 그러니까 흔한 '저격충' 중 하나라는 얘기다. 럭셔리브레인이라는 스타트업 대표라더니 정작 대표는 다른 사람이었고, 베스트셀러 작가에 교수를 가르치는 인기 강사라는 타이틀까지 쓰고 있다는 얘기를 추가로 들려주니 언니의 표정이 바뀌었다.

"잠깐. 그러면 얘기가 또 달라지는데."

그때까지 명랑했던 언니의 목소리가 무거워졌다. 나도 모르게 침을 꿀꺽 삼켰다.

"자리 옮겨서 얘기하자. 2차는 내가 쏠게."

오디션 프로그램의 베테랑 진행자가 중요한 순간에 광고 보고 오겠다고 하듯, 잔뜩 긴장하게 만들어 놓고는 언니 먼저 자리에서 일어났다. 조용히 듣고 있던 미주가 나만 들리게, 역시 유능한 기레기는 사람 관심 끄는 법을 안다고 속삭였다.

낮에 브런치 카페에서 미주가 언니에게 전화를 걸었다. 나와 서울에 왔다고 하니 하연 언니는 무척 반가워하며 자기 퇴근 시간에 맞춰 회사 앞으로 올 수 있느냐고 했다. 언니와 약속을 잡은 뒤로는 미주의 시간이었다. 어차피 우리는 휴가였고, 진동호를 만난 이후로 맥이 탁 풀린 나는 아무 생각이 없었다. 무념무상의 상태로 미주를 따라 청담동, 서울숲을 구경했고, 여의도에 있는 백화점에 들렀으며, 식당 두 곳에도 다녀왔다.

언니는 약속보다 늦게 나왔다. 한 연예인이 인스타그램에 유두가 나온 사진을 올렸다는 인터넷 커뮤니티 글을 베껴 마지막 기사를 겨우 썼다고 했다. 뭐 먹고 싶은 거 있느냐고 언니가 묻자 미주는 고기를 먹고 싶다고 대답했다. 그러자 우리를 근처 직장인들에게 인기라는 돼지고기 특수부위 집으로 데려갔다.

그런 부위가 있었나 싶은, 이름부터 생소한 고기들을 불판 위에 올렸는데, 내게는 별로였다. 질기고 냄새가 났다. 부탁하러 온 입장이니 1차는 내가 계산했고, 언니는 사양하지 않았다. 전혀 아깝지 않았다. 게다가 전날 스타벅스 이후로 내가 쓴 돈은 담뱃값 사천오백 원이 전부였다.

세 명이 삼 인분만 먹고 나온 걸 보면 나만 맛이 없던 건 아니었다. 게다가 다 큰 여자 셋이, 그것도 황지 시내에서 술깨나 먹는다는 꾼들이 고기를 앞에 놓고도 겨우 소주 한 병씩만 비웠으니. 그게 꺼림칙했는지, 언니는 술이 술술 들어갈 거라는 단골 꼬칫집으로 우리를 데려갔다. 1차가 별로였기에 큰 기대는 안 했는데, 분위기도 맛도 모두 훌륭했다.

언니는 이제야 술이 잘 들어간다며 들떴다. 사흘 연속 음주인 나와 미주도 쭉쭉 들어갔다. 외지에서 왔다는 걸 스스로 의식하지 않아도 되는 편한 가게 분위기가 한몫을 했을 것이다. 꼬치를 정성껏 구워 우리 접시 위에 손수 올려주는 가게 사장님의 훈훈한 얼굴이 그 편한 분위기에 일조했다. 전날 먹은 와인보다 언니가 시킨 사케가 내 입맛에 더 잘 맞았다.

"아까 네가 말한 거 있잖아. 너네 오빠가 그렇다며. 이름도 얼굴도 생소한데, 베스트셀러 작가에 유명 강사라고 타이틀 여러 개 달고, 회사를 운영한다는데 실체가 분명하지 않고."

"어, 그렇다니까?"

"아까는 반반 정도라고 생각했는데, 거의 확실해. 그런 사람들 내가 잘 알거든."

언니의 말에 귀가 번쩍 띄었다.

"뭐야. 계속 말해봐, 언니!"

"걔네들이 우리 회사 먹여 살리거든."

"걔네들?"

"어. 자칭 주식 전문가에, 심리학이나 마케팅 전문가에, 퍼스널 브랜딩 전문가에, 감성이니 소통이니 그럴듯한 단어 붙인 애들. 우리하고 악어와 악어새 같은 관계거든."

언니가 긴 얘기를 이어갔다. 목이 탄다며 생맥주를 시켜 시원하게 들이키기도 하며.

황색언론으로서는 그들이 사기꾼인지 진짜 전문가인지 확인할 방법도 역량도 없다고 했다. 그 사람들의 업적 중 오프라인에서 확인할 수 있는 건 출간된 책뿐이었다. 책을 출간하면 해당 분야의 전문가로 인정하는 게 관례 같은 거라고 했다.

"그런데 책도 아무나 내는 거 아니잖아."

"아무나 내는 세상이야. 자기 돈으로 책 내는 사람이 얼마나 많은지 알아?"

아무나 책을 낼 수 있다고? 믿고 등을 기댔던 벽이 와르르 무너지는 느낌이 들었다. '사실 산타는 없다'라는 말을 들은 어린아이처럼. 책이라는 건 작가라는 특별한 직업을 가진 사람이나, 어떤 분야의 전문가, 이를테면 박사님들이 낼 수 있는 거 아니었던가?

"너, 내가 '무조건 서울대 합격하는 필승 공부법'을 가르친다고 하면 어떨 거 같아?"

"언니가? 에이, 지잡대 겨우 졸업한 사람이 무슨."

"그게 가능한 세상이야. 야, 취업도 안 해본 놈이 책 한 권 냈다고 코치니 멘토니 하면서 기업에 정부 부처까지 강의하러 돌아다닌다고."

언니 말이 맞는 거 같다. 오빠 새끼만 해도 창업은커녕 취업도 해본 적 없으면서 갑자기 스타트업 대표란다. 내가 번 돈으로 겨우 대학 졸업한 게 학벌의 전부인데 자기가 무슨 최강천재에, 교수까지 가르친다고? 책을 많이 읽은 거 하나는 인정하지만, 뭐, 베스트셀러 작가?

"백만 원만 있으면 책 한 권 낼 수 있거든. POD라고, 아예 돈 안 들이고 책 내는 방법도 있어. 인터넷으로 주문이 들어오면 그때야 찍거든."

"백만 원? 나도 책 내야겠다. 작가님 소리 듣게. 언니도 한 권 내 봐요."

묵묵히 듣기만 하던 미주가 끼어들었다. 녀석의 말에 하연 언니가 목젖이 보일 정도로 호탕하게 웃더니 반쯤 남은 생맥주를 한꺼번에 목구멍으로 들이부었다.

"나도 한 권 냈지. 책 스무 권 출간했더니 인생이 바뀌었다는 사람하고 인터뷰했는데, 기자를 꿈꾸는 청년들이 많으니 한 번 써보라는 거야. 제목도 정해주더라고. '기자가 되기 싫으면 안 읽어도 되는 책'이라고."

"잘 팔렸어요? 인세 많이 나와요?"

"인세? 지랄, 다섯 권 팔렸다. 그중 한 권은 내가 산 거야. 사장님!"

언니가 손을 번쩍 들며 사장님을 불렀다. 등을 돌리고 꼬치를 굽던 사장님이 고개를 돌리자 언니는 빈 잔을 들어 보이며 집게손가락을 세워 보였다. 그러자 사장님이 곧장 생맥주를 가져다주었다. 그 일련의 동작이 자연스러웠고, 세련돼 보였다. 태백에 있을 때는 뭘 해도 어설퍼 보였던 언니가 이제는 제법 관록이 밴 서울 사람이 되었다.

"그 새끼가 그러더라고. 책 내면 바빠질 거라고. 진짜 바쁘긴 하더라. 난 내가 쓴 기사 댓글도 절대 안 보거든? 그런데 하루에도 수십 번씩 인터넷 서점에 들어가서 내가 낸 책에 댓글 달렸는지를 보는 거야. 혹시 포털에 뜨나 싶어서 검색도 수십 번. 새로고침 하다 보니 24시간이 모자라더라, 내가 청하도 아니고, 참이슬만 마시는데. 시팔."

청하가 아니라 선미 노래 아니었나? 아무튼, 알코올로 따지자면 우리 중 최약체였던 언니가 겁도 없이 단숨에 맥주를 반이나 비웠다. 태백에서 보던 언니랑 같은 사람이 맞나 싶을 정도였다.

"취준생들 필독서가 될 거라면서 천 권 정도는 찍어야 하지 않겠느냐고 약을 팔더라고. 쌩돈을 오백만 원이나 날렸지. 구백구십 다섯 권이 지금 창고에서 썩어가고 있어. 나중에 알아보니까 걔가 소개해준 출판사 있잖아? 그게 지가 운영하는 거더라고. 그러니까 걔는, 다른 사람들 꼬드겨서 책을 내게 만드는 게 비즈니스 모델이었던 거야."

언니는 그동안 기자로 일하면 보고 들은, 물론 대개는 인터넷 커뮤니티에서 접한 것들이지만, 수많은 사기 사례를 우리에게 들려주었다. 자기가 당한 게 억울해서 그런 사기꾼들을 연달아 취재했는데, 기사로는 나오지 않았다고 했다. 대신 사장한테 불려가서 감히 어떻게 소중한 광고주들을 고발하는 기사를 낼 수 있느냐고 혼났단다.

자리로 돌아와 분을 삭이려는데, 문득 그런 사람들이나 자기나 비슷한 일을 하는 거 아니냐는 자괴감이 들었단다. 그렇게 되고 싶던 기자가 됐지만, 남이 쓴 글 보고 적당히 베껴서 올리는 게 언니 일이었으니까. 그 생각에 이르자 그들에 대한 감정이 단순한 분노를 넘어 자기혐오로 바뀌었고, 개인적으로라도 그들의 실체를 밝히고 싶었단다.

"책기꾼 새끼들이 그렇게 많더라고. 인터넷에 올라온 정보랑 남의 쓴 책에 있는 내용을 죄 긁고 비빔밥처럼 섞어서 자기 이름으로 내는 거야. 읽어보면 진짜 교묘해. 왜 사기꾼들이 말하는 거 보면 어버버거리다가도 어느 대목에서는 기가 막히잖아. 딱 그 수준이야."

언니는 요즘 '그런 책을 내는 사람이 문제냐, 그런 책을 읽는 사람이 문제냐'를 놓고 고민 중이라고 했다. 사기도 세 번 당하면 당한 놈이 바보라는 말이 있듯, 돈 되는 글쓰기를 알려주겠다면서 딱 봐도 처참한 수준의 문장에 어그로 끄는 요령이 전부인 책인데도 사서 읽는 사람이 있으니 '책기꾼'들이 활개를 치는 거 아니겠냐는 얘기였다.

"요즘에 0개 국어 구사자가 많다고 하잖아. 제대로 된 책을 안 보고 인터넷에 올라온 짧은 글만 보니까 독해력이 떨어져서 그런 거지. 기자들도 그렇거든. 기자 시험 어떻게 통과했는지 신기한 놈들이 천지삐까리야. 너희들, 아나운서 보면 되게 똑똑한 거 같지? 또

박또박 발음하고, 공부 많이 해서 아는 것도 많고 하니까."

그 말을 하면서 언니는 아나운서 출신 연예인과 정치인들의 이름을 거명했다. 생각보다 훨씬 많은 숫자였다.

"걔네가 뉴스 대본을 쓰는 것도 아닌데, 이미지가 그렇단 말이야. 남이 적어준 거 그대로 읽는 건데. 물론 뭐 기본 상식이나 순발력 같은 것도 필요하지만, 걔네들이 똑똑해 보이는 건 올바른 발음으로 말하는 것뿐이거든."

언니가 생맥주 하나를 더 시킨 뒤 말을 이었다.

"책기꾼 새끼들도 비슷해. 요즘 사람들이 워낙에 글을 거지 같이 쓰니까, 기본만 해도 괜찮은 글처럼 보이거든. 주술 관계만 맞아도 말이야. SNS 보면 감성팔이로 시작해 광고로 끝나는 글 있잖아. 그런 거야. 시팔, 존나 열받네. 나는 진짜 책 쓸 때 하루에 세 시간씩 자면서 죽어라고 원고만 썼거든. 기사를 그렇게 썼으면 조중동으로 스카우트 됐겠지."

시간을 들여 연구한 결과, 언니는 책기꾼을 잡아낼 수 있는 일종의 노하우를 개발했다고 한다. 독자를 가스라이팅 시키기 위해 빠르게 내용을 전개하지만, 디테일에서는 꼭 약점을 드러내곤 하는데, 자신의 주장에 과학적인 근거가 있다고 들이대는 부분에서 그렇단다. 그럴듯한 사례를 찾는 것에만 노력을 들이느라 팩트 체크에 소홀한 바람에, 이미 거짓으로 밝혀진 것까지 그대로 갖다 붙였기 때문이라고 했다.

＊＊＊

　언니가 주문한 안주는 야키토리 오마카세, 처음 듣는 이름이었다. 닭의 다양한 부위를 맛볼 수 있는 재미난 요리였다. 돼지고기 먹고 나온 지 얼마나 됐다고, 우리는 게 눈 감추듯 꼬치를 해치웠다. 기본 안주로 나온 양배추를 집어 먹으며 사케를 비우고 있으니, 사장님이 서비스라며 대파구이와 명란을 내주었다.

　고맙다고 눈웃음을 치는 하연 언니를 보니 사장님에게 관심이 있는 것 같기도 했다. 사장님이 주방으로 가자 언니가 다시 진지한 표정으로 돌아왔다. 젓가락으로 오이와 명란젓을 함께 집은 뒤 마요네즈 소스에 푹 찍어 입에 넣고는 "진짜 맛있다"고 외치며 양미간을 찌푸린 뒤 언니가 말을 이었다.

　"제대로 공부한 적 없이 책 몇 권 주워 읽고 쓴 수준이라 어떤 대목에서는 반드시 바닥을 드러내거든. 연구하다 보니까 말이야, 책 설명하는 문구나 글쓴이 SNS에 있는 단어만 보고도 파악이 되더라고. 심리, 진화론, 잠재의식, 뇌, 감성, 공감, 경제적 자유, 가난, 지능, 흙수저, 무수저, 선한 영향력 같은 키워드, 유행하는 거 죄다 집어넣은 애들은 백퍼 책기꾼이라고 보면 돼."

　언니가 연구한 바에 따르면 그들이 파는 것은 허상이었다. 허상을 만들기 위한 첫 번째 단계는 실체를 증명할 수 없는 것들로 자신을 포장하는 것이었다. 매달 얼마의 수익이 들어오는 구조를 만들어 '경제적 자유'를 얻었고, 몇 명에게 '선한 영향력'을 끼쳤으며, 이 모든 것들을 이룬 자신은 사실 '흙수저'에 '루저'였다며, '그러니 당신도 할 수 있다'라는 헛된 희망을 파는 게 그들 사업의 본질이라는 것이다.

수익을 증명하는 건 보통 인터넷 뱅킹 화면을 스크린 캡처한 게 전부다. 선한 영향력을 행사했다는 건 대개 본인만의 일방적 주장인데, 이건 자기가 봐도 약한 것 같으니 지인을 내세워 자신의 도움으로 크게 성공했다는 간증이 담긴 블로그 포스팅이나 인터뷰 동영상을 올린다. 객관적 증빙은 하나도 없다.

"허상을 파는 게 먹힌다고? 요즘 세상에?"

"그게 나름 역사와 전통이 있는 비즈니스거든. 언제나 먹혔어. 우리 회사에서 붙이는 광고 중에 로또 당첨 번호 분석해주는 업체가 있거든? 야, 그게 상식적으로 말이 되냐? 아니, 과거 당첨 번호를 예측해서 이번 주 당첨 번호를 알 수 있는 기술을 가졌다면, 자기가 로또를 사는 게 상식 아니야? 당연히 사기지, 그딴 걸 돈 주고 사는 사람이 있을 거 같아?"

비슷한 생각을 나도 했다. 공장 사람 중에도 주식에 환장한 사람들이 많다. 연신 휴대폰 들여다보다가 불량을 내기 일쑤인 사람들이다. 흡연장에서 가끔 그들의 투정을 듣는데, 유튜브에서 아무개가 추천한 종목인데 사자마자 떨어졌다며 어떻게 그럴 수가 있느냐는 하소연이 주된 내용이었다. 당연한 거다. 정말 돈 되는 정보가 있다면 빚내서라도 자기가 투자를 하지, 바보같이 그 정보를 헐값에 팔겠어?

"웃기게도, 있어. 그게 먹히나 보더라고. 광고비를 한 번도 안 밀리고 계속 내더라. 지금이 사기꾼들 전성시대야. 너희들이 보는 기사, TV 프로, 블로그 포스팅, 거의 다 사기꾼들이 댄 돈으로 만든 거라고."

언니는 비트코인과 NFT의 실체에 관한 얘기로 핸들을 틀었다가 우리 잔이 빈 걸 보고 사케를 따라주더니 다시 연예계 얘기로 차선을 바꾸었다. 억대가 넘는 출연료를 받는다는 연예인들의 생생한 뒷얘기에 미주가 눈을 반짝거리며 들었다. 연예계 찌라시보다 훨씬 자극적이고 구체적인 얘기였다.

"연예인들 예능 프로 나오면 사람들이 깔깔대면서 웃잖아. 그러면서 뭐 감동을 받았다, 위안을 얻었다, 그런 글이 커뮤니티에 올라오고. 그런데 대다수 사람은 그러지 않잖아. 웃는 건 잠깐이지, 현실로 돌아오면 더 우울해지잖아. 학자금대출 연체됐다고 독촉 문자라도 하나 와봐, 갑자기 세상이 와르르 무너지잖아. 집주인이 월세 5% 올려달라고 했다며 부동산에서 찔러보는 전화 받지? 칼에 심장을 찔린 기분이야. 모르지, 내가 서울 와서 살면서 삭막해진 건지. 아니면 기레기로 밥벌이하다 보니 자격지심만 심해진 건지."

아니다. 언니는 원래 좀 시니컬한 구석이 있는 사람이었다. 맹해

보이면서도 속에 날카로운 것이 있다는 걸 알았기에, 우리와 비슷한 꼴통인 언니가 기자가 되기를 진심으로 응원했다. 미주가 코인에 투자한다고 했을 때도 언니는 환상에 투자하는 것이라고 말하며 뜯어말렸었다.

"그런 사람들에게 희망을 주겠다며 나온 책이나 강의 영상 같은 건 대개 합법적인 마약이야. 예능 프로 같은 거지. 시궁창 같은 현실을 잠시 잊으라고. 불합리한 시스템 같은 건 생각하지 말고, 꿈과 희망을 품고 꾸역꾸역 버티고 살라는 거야. 무슨 자라나는 새싹들에게 덕담하는 것도 아니고. 야, 다 때려 엎자는 책은 왜 안 나오는 거야? 혁명가는 멸종했나?"

언니는 책을 읽지 않아 문해력이 떨어진 시대가 문제라고 했다. 일본 예능 베끼는 것도 모자라 누구나 알 수 있는 상황을 자막으로 넣는 것도 따라 하더니, 이제는 인터넷 밈까지 끌어다 쓰는 TV 프로그램, 취재해야 할 건 취재하지 않고 유튜버들처럼 자극적인 소재만 따라다니는 언론을 꾸짖었다. 드라마에 나오는 국회의원처럼 멋있어 보였다.

"막장 일일드라마 보던 사람들이 넷플릭스 드라마 보면 어렵다고 싫어하거든. 매체가 천박해지니까 소비자들도 복잡한 걸 회피하게 되는 거야. 우리도 두꺼운 책은 보기 싫잖아. 아니, 인터넷에 조금 긴 글만 올라와도 세줄 요약하라는 댓글이 붙잖아. 그런데 '흰옷에 묻은 얼룩 제거하는 세 가지 방법' 같은 거 말고, 배경지식이 있어야 이해할 수 있는 것들이 있잖아. 책기꾼들이 딱 그 지점을 노리고 나온 거야. 복잡한 걸 쉽게 해설해주는 유튜버로 변신한 거지."

나도 종종 그런 동영상을 본 것 같다. 흥미로운데다 뭔가 도움이 되는 내용 같아서 계속 보게 되는데, 나중에는 내가 이걸 왜 보고 있나 싶어서 현타가 오는.

"예전에는 책기꾼들이 아무리 책 내고 강의하러 다녀도 인정을 못 받았거든. 정식으로 학위 받고, 그 분야에 종사했던 진짜배기 전문가들한테 밀리니까. 그런데 유튜브는 다른 거야. 일단 재미가 있어야 하잖아. 본디 무례하고 천박한 사람들한테 유리해. 남 헐뜯는 건 기본이지. 왜? 진짜배기들은 점잖아서 그런 양아치들과 상대하는 걸 꺼리거든. 자기는 듣보잡이라 뜯길 것도 없으니까 아무 말이나 해도 되는 거야."

"맞아. 그건 내가 잘 알지."

학창 시절, 아무리 일진이라고 해도 운동부원한테까지 함부로 덤비는 간 큰 애들은 없었다. 그런데 시내에 나가면 한주먹거리도 안 되는 애들이 깐죽거릴 때가 있었다. 성질 같아서는 척추를 반으로 접고 싶었지만 참았다. 힘 조절 잘못해서 인생 끝장난다는 말을 수도 없이 들었고, 그랬다가 선수 생활을 접은 선배도 여럿 봤기 때문이었다.

"실제 강의랑 다르게 실시간이 아니니까, 편집한 영상만 내보내면 되잖아. 어버버 대는 놈도 조금만 손을 대면 유창하게 말하는 것처럼 보이거든. 명성이 주는 신뢰와 경험이 빚은 실력이 중요했는데, 룰이 바뀐 거지. 조회 수가 신뢰를 주고, 구독자 늘리는 방법이 실력이야."

처음에는 책과 관련 있는 얘기를 하지만 점점 자극적이고 쉬운 방향으로만 향한다. 구독자들이 원하는 얘기가 그런 거니까. 그래야 돈을 버니까. 그게 지금의 흐름이며 책기꾼들이 온라인 강의 시장에 발을 들인 이유라고 언니는 얘기했다. 책기꾼을 파헤치겠다고 시작한 일이, 그렇게 매체에 대한 고찰과 강사 사업, 유튜버에 대한 조사로 이어졌단다.

책기꾼들이야 예전부터 있었고, 그중 방송 프로그램 제작진마저 속이며 TV에 나와 유명해진 이들을 빼면 대개는 부르는 곳이라면 어디든 강의하러 다니며 품을 팔았다. 그랬던 이들이 SNS와 유튜브를 연구하면서 업종을 변경했다. 책기꾼을 넘어, 온라인 강의를 지나, 플랫폼 사업자가 되기로 한 것이었다. 그들은 자꾸 허상과 환상에 투자하라고 부추긴다.

코인이나 주식이나 부동산이나, 다 집단적 환상에 빠져서 허상에 투자하는 거라는 게 언니의 주장이었다. 누군가 돈을 번 사람이 있으니 앞으로도 오를 것이라는 걸 믿고 함께 영차영차 노를 젓는 동안, 단물 빨아먹은 큰손들은 이미 배를 버리고 떠났다는 거다. 모두가 부자가 될 수 있다는 것도 환상, 성장에 대한 기대와 강박도 환상이란다. 태양과 비교할 수 없이 큰 항성도 만들어지는 순간 최대에너지가 이미 정해지는데, 그게 더 커질 것이라고 믿는, 신앙에 가까운 일이라고 했다. 기업도, 사람도, 겉만 부풀려 더 커 보이려 하고, 세상은 그런 것에 열광하니, 그걸 이용하는 이들이 활개 치고 다니는 건 당연한 일이라고 열변을 토했다.

"언니, 세상에 통달한 도사님 같아요."

"도사는 무슨, 어림없어. 이런 걸 다 알면서도 못 보는 척 그냥 사는 사람들이 통달한 거지. 다른 놈들은 아니까 더 해 먹으려고 덤벼들거든. 세상이 그래. 나 장실이 좀."

언니가 화장실에 다녀온다고 하니 미주도 따라갔고, 혼자 남은 나는 밖에 나가서 담배를 피우고 왔다. 일기예보로는 서울 지역에 큰비가 온다고 하더니 덥고 습하기만 했다. 내가 운동을 그만둔 이유 중 세 번째 아니면 네 번째 이유는 덥고 습한 걸 견뎌야 하기 때문이었다. 추위라면 어느 정도 참을 수 있는데, 더운 것만큼은 도무지 참을 수가 없다.

자리로 돌아오니 두 사람 자리는 아직 비어있었다. 오빠가 한다는 '스타트업'의 정확한 뜻이 궁금해서 포털에 검색해봤다. 광고만 계속 나오기에 화면을 내리니 스타트업이라는 제목의 드라마 정보가 나왔다. 한참을 내려간 끝에 SNS에서 한동안 유행하던 카드 뉴스—알맹이 없는—가 나왔고 더 내리자 스타트업 채용에 대한 블로그 포스팅이 나왔다.

화장실에서 돌아온 언니에게 스타트업의 뜻이 정확히 뭐냐고 물으니, 별거 아니라며 이제는 신생 회사를 다 스타트업이라고 부른 단다. 포털 검색이 엉망이라고 불평하자, 언니는 인터넷이 정보의 바다라더니 이제는 정보의 사막이라고, 제대로 된 건 다 말라 죽고 청소 동물만 남았다고 했다.

"포털이건 SNS건 이제 정보보다 광고가 많아. 비싸고 성능 좋은 슈퍼컴퓨터를 손에 쥐면 뭐 해. 광고만 보는데. 요즘 뉴스보다는 19세기 영국의 타블로이드 신문이 나을 거야."

맞다. 스타트업이 뭔지도 안 알려주는 포털이라니, 있어서 뭐 하나? 언니는 'MZ세대가 주목하는 청년 스타트업 CEO'라는 제목으로 연재 기사를 쓰면서 평소에 안 하던 인터뷰까지 한 적이 있다고 했다. 대부분은 오픈마켓에서 물건 파는 영세업자였단다. 돈 받고 쓰는 홍보 기사니까 그들이 써달라는 대로 썼다며 사례를 얘기했다.

"내가 여기 입사했을 때 이메일로 인터뷰한 스타트업 대표가 있거든. 진짜 유명한 애였는데, 우리 사장 친구 아들이라 가능했던 거지. 대학생 때는 평범한 학생이었고, 부모님 도움 없이 자수성가했다는 흔해 빠진 내용을 보내더라고. 야, 미국 명문대학에서 MBA까지 하고 온 게 평범한 거냐? 아버지 후배가 자본금 대주고 MBA 선배한테 투자받은 게 자수성가야? 광부 딸은 서러워서 살겠냐?"

언니가 사자후를 토했다. 하연 언니 아빠는 대를 이어 광부로 일하고 있다. 우리 집에서 가까운 곳에 있는 장성광업소에서 근무 중인데, 대한민국 역사의 마지막 광부로 남을 확률이 높다. 울분에 찬

광부의 딸이 말을 이었다.

"그것도 미국에 있는 사업 그대로 카피한 거야. 얼마나 잘 되는지 보자 했더니, 세상에. 투자를 엄청 받았거든? 그걸 출혈경쟁에 쏟아부어서 상대를 말려 죽이는 거야. 맨날 적자인데 시장 점유율이 높아지니까 또 투자받고, 상장까지 했지. 개미들이 떼거리로 몰리면서 주가가 치솟더라고. 그러더니 회사 넘기고 외국으로 갔어. 돈 쏙 빼먹고 튄 거야."

미주가 꾸벅꾸벅 졸기 시작했다. 그걸 본 언니가 시계를 확인하더니 말을 이었다.

"창업자가 튀면 전문경영인이 나타나서 경영효율화를 하겠다고 선언해. 이제 흑자 경영을 하겠다고. 그게 뭔 소린지 알아?"

언니의 얘기를 쉽게 정리하자면, 나 같이 몸을 써서 일하는 사람들 몸값을 줄이는 걸 '경영효율화'라고 부른단다. 배달이건, 택시건, 숙박업소건, 부동산이건, 다루는 품목만 다르지, 수요와 공급을 중계하면서 수수료 받아먹는 회사는 똑같은 원리로 움직인다고 했다.

업계 최저가, 가격 비교, 총알처럼 빠른 배송, 24시간 친절한 상담, 쾌적하고 안전한 근로 환경으로 인기를 끌며 시장 점유율을 높여 경쟁자를 하나씩 죽인다. 독과점 위치에 이르면 눈치 보지 않고 가격과 수수료를 올려 공급자끼리 경쟁하게 만든다. 그러면 소비자는 질 낮은 서비스에 비싼 돈을 내게 된다는 것이다.

"야, 경영학 교수란 놈이 책기꾼 방송에 나와서 그런 얘기를 하더라. 뭐? 공급을 늘리면 자기들끼리 경쟁해서 가격이 내려가고, 그러면 인플레이션이 해결된다고? 미친 새끼. 경쟁의 결과는 독점이고, 그동안 뿌린 거 몇 배로 거둬들이는 게 이 바닥이야. 개한테 배달비가 왜 이렇게 비싸졌는지도 물으면 무슨 궤변으로 개소리를 할까? 알고 보니 그 새끼도 그런 사업에 투자해서 떼돈을 벌었더라고. 그걸 보고 느꼈지. 아, 정말 돈에 환장한 인간들이구나. 혁신이 어쩌고, 직원과 함께 성장이 어쩌고, 그럴듯한 소리로 이미지 관리하고, 엑싯 타이밍만 보고 사는 놈들이구나."

엑싯이 뭐냐고 물으니 회사 가치를 부풀린 다음에 팔아먹는 거라고 했다.

"투기꾼하고 똑같은 거야. 가장 큰 사기를 칠 기회만 기다리는 거지. 기본적으로 죄책감이 없거든."

"사이코패스나 소시오패스 같은 건가?"

"몰라. 둘 중 하나겠지. 그런데 더 웃긴 게 뭔지 알아? 이 시대에는 그런 사람이 성공한다는 거야."

결국 언니가 다루는 주제는 시대 담론으로까지 넘어갔다. 오백만 원이라는 비싼 수업료를 치렀기 때문일까. 사기꾼의 전략과 심리에 대해 어찌 그리 잘 아는지, 박사 학위를 받아도 충분해 보였다.

"그런 새끼들을 연구하다 보니 일정한 특징이 보이더라고. 크게 한탕 하고는 안면 싹 바꾸고 잠적하는데, 피해자들에 대한 죄의식이 전혀 없어. 오히려 분노하는 사람들 보면서 쾌감을 느끼는 거 같

아. 빽태클 걸어서 발모가지 부러뜨려 놓고선, 반칙 당해 쓰러진 사람을 조롱하고 혐오의 단어를 뱉거든. 능력이 없으니까, 대가리가 나쁘니까 당하는 거 아니냐는 거지. 그 개새끼들이 능력, 공정, 경쟁, 그런 단어는 또 엄청 좋아해."

이 대목에서 미주가 자기만 얘기에 끼지 못해 심심하다고 투정을 부렸다. 그래서 서로의 근황 얘기로 화제를 바꿨다.

언니는 고양이를 키우기 시작했고, 쓰레기 기사를 만드는 사람이긴 하지만 탄소배출 줄이는 걸 실천하고 있으며, 직업도 바꾸기로 했단다. 지금처럼 직업윤리 따위 없는 기레기로 사는 건 앞으로 딱 일 년. 그때까지 자료를 모으며 버틴 뒤, 내부고발을 터뜨리고 시민 단체에 들어가겠다는 아주 구체적인 계획을 세운 터였다. 뭔가 살벌하고 무서운 얘기였다.

내 안부를 묻는 언니에게 이제 일 년 뒤면 황지 시내에 있는, 이십 평대 아파트, 그것도 엘리베이터가 있는 곳으로 이사 갈 수 있게 되었다고 대답했다. 물론 전세로 나오는 집이 있어야 가능한 일이지만. 두 사람이 자기 일처럼 좋아하는 게 고마웠다. 식구들이 각자의 방을 가지고 사는 게 내 오래고도 간절한 숙원이었음을 황지 꼴통스 멤버들은 잘 알고 있다.

언니가 갸륵하다는 표정으로 내 머리칼을 쓰다듬어 주었다. 그녀는 가끔 사람을 새끼 고양이 다루듯 하곤 한다. 나는 그럴 때가 참 좋다.

"태백 사람들이 왜 여유로운지 알아?"

입에 넣은 대파구이를 오물거리며, 언니가 뜬금없는 질문을 했다.

"글쎄. 인구가 적어서요?"

"그런 것도 있지만. 누가 갑자기 부자 되었다는 소문 듣는 게 드문 일이잖아."

"그건 그렇죠."

"서울에 있으면 말이야, 누가 갑자기 부자 됐다는 얘기가 수시로 들려. 아무튼 그런 얘기를 들으면 조급해지거든. 그중 반이 구라라고 해도."

처음 공장에 들어갔을 때 나도 그랬다. 함께 운동하던 애가 장학생으로 체대에 들어갔다는 소식을 듣고, 국가대표 상비군으로 함께 훈련하던 언니가 국제대회에서 메달을 땄다느니 실업팀에 입단해 연봉 몇천만 원을 받는 공무원이 됐다는 얘기를 들으면, 내가 남들보다 뒤처지는 건 아닌가 하는 생각에 조급해졌다. 단단히 마음을 먹고 선택한 길이었으면서도.

"누군가를 조급하게 만들려는 사람들이 있어. 왜, 예전에 우리끼리 태백산 다녀왔잖아."

"어. 그때 미주 이년이 못 올라간다고 징징거렸잖아."

"그래. 유일사 주차장에서 올라갔잖아. 그런데 누군가 그 등산로 말고 아는 사람만 아는 지름길이 있다는 거야. 훨씬 편하게 올라갈 수 있다고. 어떤 사람일까?"

"사기꾼이구나!"

미주가 손뼉을 치며 얘기했다. 언니가 무슨 말을 하려는지 대번에 알아차렸지만 말을 끊기 싫어서 가만히 들었다.

"세상에는 있잖아. 어딘가 지름길이 있을 것 같아서 조바심내는 사람의 주머니를 노리는 이들이 엄청 많아. 너희들, 카지노에 중독된 사람 봤지? 눈빛이 어떤지 알지?"

"알지. 우리 공장 이모 중에도 많아. 쉬는 날마다 정선 다녀오는. 출근할 때 보면 눈이 퀭하더라."

"그 사람들의 그 충혈된 눈 있잖아. 혼탁한 눈빛. 그런 눈을 가진 사람이 점점 더 많아지고 있어. 너희도 그런 사람들 보면 조심해. 지름길이 아니라 낭떠러지로 인도하는 악마들이니까."

언니가 혹시 우리 오빠를 두고 돌려서 하는 말이 아닌가 싶어서 겁이 덜컥 났다. 오빠를 만나게 됐는데 그때 오빠의 눈이 충혈됐다면, 눈빛이 혼탁하다면, 그땐 어떻게 해야 하지? 죽일 수도 없고.

미주가 나와 나눠마시자며 하이볼을 한 잔 시켰다. 생소한 이름이기에 뭔가 했더니 폭탄주였다. 나 먼저 맛을 보라기에 한 모금 마셨다. 미주가 갑자기 잔을 뺏어가더니 꿀꺽꿀꺽 삼켰다.

"언니, 혹시요. 혹시, 그런 사기꾼들하고 비슷하지만, 또 정의의 사도 같은 사람. 그런 사람도 있지 않을까요?"

미주는 종잇장만큼 얇게 썬 오징어 회처럼 투명한 아이다.

"글쎄. 그런 낭만적인 사람이 있을까 모르겠다. 누구나 돈만 좇는 시대라."

"언니처럼 사기꾼을 전문적으로 연구하는 정의로운 기자도 있잖아요."

"정의로운 기자? 없어. 좆도 없어. 다 죽었거나, 아니면 원래부터 없었거나. 내가 하는 것도 그냥 일종의 유희야. 취미 생활. 정의로운 기자? 야, 최저임금 오르면 나라 망한다는 기사 쓰는 신문사 애들 연봉이 얼마인지 알아? 걔네가 자기들 연봉은 더 올려달라고 한다더라. 기레기로서 말하자면 단 한 명도 없어. 정의의 사도? 야, 절대 없어, 절대!"

전날에도 많이 마셨으니 그쯤 자리를 정리하기로 했다. 여름이 지나면 태백에서 다시 보자며 하연 언니와 인사했다. 헤어지기 전에 언니는 나를 와락 끌어안으며 우리 오빠가 저지르고 있는 일이 자기의 관심사이기도 하니 돕겠다며 굳게 약속했다.

호텔로 가는 택시 안에서도 미주는 계속 졸고 있었다.

인간은 무엇으로 사는가

햇빛에 눈이 부셔서 겨우 일어났다. 특급 호텔에서 두 번째 밤을 보냈다. 주위를 둘러보고 한참이 지나서야 전날 엉망으로 둔 채 나왔던 방 안이 깔끔해졌다는 걸 깨달았다. 내가 자는 동안 미주 혼자서 정리했을 리는 없다. 어제 나가기 직전 객실 전화로 누군가와 통화를 하더니만 방 청소를 부탁했었나 보다. 현직 호텔리어라 아는 게 많다.

씻고 나오니 미주도 일어났다. 눈곱도 떼지 않은 채 또 그놈의 브런치 타령을 했다. 배달 음식을 시키자기에 호텔로 배달이 오냐고 물으니 로비까지 가져다준다고 했다. 그러느니 아예 외출 준비하고 식당에서 먹자니까, 이 멋진 경치를 보면서 먹는 즐거움을 누리잔다. 결국 로제 떡볶이 2인분에 중국 당면을 추가해 주문했다.

음식을 받으러 로비에 내려갔다 온 미주의 손에 박스 하나가 더 들려있었다. 전날 아침, 미주는 내가 욕실에서 티셔츠와 양말, 속옷을 빨아 옷걸이에 걸어놓은 걸 보고 혀를 찼다. 옷장에 있는 세탁 주머니에 빨랫감을 넣어서 맡기면 다림질까지 해준단다. 차마 속옷을 맡길 수 없던 미주는 오픈마켓 앱으로 여벌을 주문했고, 그게 밤사이에 로켓처럼 날아온 거였다.

배달 음식을 먹고 호텔에서 나왔다. 방에서 부른 카카오 택시가 우리를 기다리고 있었다. 호텔 방에서 오빠 잡을 궁리만 했을 내가 용산에 가기로 마음을 바꾼 건 아침 일찍 하연 언니에게 받은 문자 메시지 때문이었다. 간밤에 오빠와 연락이 닿았다며 저녁 때 보기로 했다는 것이었다. 기대도 안 했는데 깜짝 놀랐다. 역시 능력자는 달랐다.

전날 집에 들어간 언니는 혼자 맥주를 홀짝이다가 우리 오빠 동영상이 궁금했단다. 몇 개의 영상을 본 뒤 럭셔리브레인의 회사 계정으로 인터뷰를 요청하는 이메일을 보냈다. 이메일이라니, 나는 생각도 못 해본 연락 수단이었다. 인터넷이 처음 생겼을 무렵이라면 몰라도, 요즘 세상에 가족이나 친구 간에 이메일을 주고받는 사람은 없으니까.

> 아침에 깜딱 놀랐다니깐. 내가 메일 보냈다는 것도 까먹었거든. 술김에 보내서.

> 대박! 약속 잡아야 볼 수 있는 사람이라더니, 메일 한 통으로 그게 되네. 기자가 세긴 세구나. 언니 최고다 진짜.

구디 쪽에서 보기로 했는데 시간은
미정이야. 정해지면 알려줄게.

알았어, 언니. 고마워.

포기하고 싶었던 마음이 들었던 게 사실이다. 오빠 사무실에 쳐
들어갈 때만 해도 기세등등했는데, 시간이 지날수록 할 수 있는 게
없어 보였다. 더 솔직히 말하자면, 전날 하연 언니를 만난 뒤로는 오
빠 새끼를 잡으러 온 게 실수였나 하는 생각에 사로잡혔다.

대회에 나가서 포환을 던지다 보면 손에서 벗어나는 순간 이미
이건 틀렸다 싶을 느낌을 받을 때가 있다. 비거리가 표시되는 전광판
을 보고 싶지 않은, 그때의 심리와 비슷하다고나 할까? 언니가 말해
준 그 수많은 사기꾼 중 하나가 오빠라는 걸 확인하고 싶지 않았다.

언니는 자기만 믿으라며, 서울 온 김에 구경이나 실컷 하고 가라
고 했다. 그러자 미주가 발 벗고 나섰다. 녀석이 정한 첫 번째 목적
지는 용산에 있는 아이맥스 영화관이었다. 그동안 나는 집 컴퓨터
나 기숙사에 있는 작은 TV로 철 지난 영화만 봤다. 갓 개봉한 영화
를 보는 건 동해시에 있는 멀티플렉스에 갔던 게 마지막이었다.

택시에서 내려 에스컬레이터를 타고 용산역을 이리저리 헤맨 끝
에 영화관에 들어갔다. 만칠천 원이라는 가격에 놀랐고, 평일에도
그 비싼 좌석이 꽉 찼다는 것에 또 놀랐고, 운동장처럼 커다란 스크

린을 보고 또 또 놀랐다. 전투기가 나오는 영화였는데, 큰 화면으로 보니 진짜 조종사가 된 것처럼 어지러웠다.

영화를 보고 나오니 미주가 또 그놈의 스타벅스에 가자고 이끌었다. 영화관에도 매장이 있긴 했는데 너무 번잡해서 근처에 있는 다른 곳으로 갔다. 미주는 오레오 프라푸치노를, 나는 아이스 아메리카노를 주문했다. 자리에 앉은 미주는 태백에는 하나도 없는 스타벅스가 용산역 근처에만 다섯 개 있다며, 빨리 서울에서 살고 싶은데 아빠가 안 보내준다며 볼멘소리를 했다. 그렇게 어린애처럼 투정할 수 있는 게 신기하면서 귀여웠다.

엄마가 죽은 이후로 나는 수전노처럼 살았다. 태백의 봄과 가을은 꽤 쌀쌀한데, 온수 쓰는 게 아까워서 되도록 찬물로 씻었다. 한겨울에도 집에 혼자 있을 때면 입김이 나와도 보일러를 틀지 않고 버텼다. 그래봤자 아빠는 뜨거운 물을 펑펑 쓰는 데다가 보일러를 틀어놓은 채 출근해버리는 경우가 많아 그렇게 기름 아낀 게 헛수고가 되는 경우가 많았지만.

더는 성장할 수 없다는 한계를 자각한 게 내가 운동을 그만둔 주된 이유지만, 등수를 매기는 삶에 넌덜머리가 났기 때문이기도 했다. 시상대 맨 윗자리에 올라간 적이 많았는데도 그랬다. 그렇다고 순위 안에도 들지 못하는 건 더 싫었으니, 결과가 어떻든 행복할 수 없었다. 그래서 다들 힘들다고 하는 공장일을 선택했고, 지금껏 후회는 없다.

공장에서 일하면 경쟁하지 않아도 될 것 같았고, 삶이 아주 단순해질 것 같았다. 막상 그 안에 들어가 보니 경쟁이 있긴 했지만, 한 번 이겨내니 다시 경쟁할 필요가 없었다. ON과 OFF만 있는 전자제품처럼 일과 휴식이 반복되는 단순한 일상이 이어졌다. 단순한 일상이란 소비를 통한 즐거움에서 해방된 삶이었다. 기숙사가 있다는 게 가장 큰 도움이 됐다.

기숙사 생활을 버티지 못한 사람도 많이 봤지만, 나는 합숙이 익숙해서 편했다. 무엇보다도 돈을 아낄 수 있었다. 식당이 있으니 끼니가 해결됐고, 온수도 잘 나왔다. 사람들이 도란도란 얘기하는 소리를 자장가 삼아 잠도 잘 잤다. 작업복이 있으니 옷에 신경 쓸 필요가 없는 것도 좋았다. 그러다 비번이 되면 시내로 나가서 술 한잔을 하고, 기숙사로 들어오기 전 담배 한 보루를 사는 게 내 유일한 사치였다. 미주를 만나는 날이면 술값마저 굳었다.

선릉역이나, 신림역이나, 용산역이나, 스타벅스에는 평일에도 수많은 사람이 몰려들었다. 한강이 내려다보이는 고급 아파트에 사는 사람도, 허름한 다세대 원룸에 사는 사람도, 낯선 이가 창문 앞을 기웃거리는 반지하에 사는 사람도, 이곳에서는 공평하게 모두 같은 가격으로 커피를 사서 마신다. 하지만 차지하는 공간만 같을 뿐 공간을 소비하는 이유는 저마다 다르다. 누구에게는 가볍게 쉬다 가는 휴식처지만, 다른 누구에게는 월세를 벌기 위해 절박하게 일하는 일터다.

나는 어릴 때부터 객관적 자기 인식을 했다. 서울에 살 생각은 눈곱만큼도 없지만, 서울에 살더라도 이런 곳에 오지는 않을 것이다. 어떤 이유로든 서울에서 살게 된다면 나는 공장에서 일하거나 배달을 하게 될 것이고, 둘 중 뭐가 됐건 커피 한 잔의 여유 같은 건 사치기 때문이다. 황지에서 보글거리며 솟아오르는 물방울이 작은 개천을 만든다. 작은 개천이 모여 낙동강이 된다. 죽어라고 일해야 미래가 조금이나마 바뀔까 말까 하는데, 사치는 무슨.

미주는 어떨까? 아빠가 마음만 바뀌면 언제든 서울에서 살 수 있는, TV 광고에 나오는 비싼 아파트를 신화 속 존재가 아니라 현실에 존재하는 것으로 인식하는, 속옷을 빠는 것보다 새것을 사는 게 더 편한 인생은 어떤 것일까? 지나가는 사람들의 옷차림을 유심히 관찰하고 있던 해맑은 표정의 녀석에게 물었다.

"야. 인간은 무엇으로 사는 거 같냐?"

"왜 그렇게 뻔한 걸 물어?"

미주는 생각보다 훨씬 빠르게 내 질문에 답했다. 그것도 명료하게.

"돈이지. 돈 말고 뭐로 사?"

빠르고 명료한 대답이었다. 다만 정확하지 않았다. 인신매매를 염두에 둔 건 아니었는데. 녀석의 이해력이 부족했거나, 내 질문이 모호했거나. 다시 물었다.

"그게 아니라. 인간이 왜 사는 거 같냐고."

"아, 그런 얘기였어?"

이번에는 조금 고민을 하는가 싶더니, 역시 몇 초도 지나지 않아 답을 내놓았다.

"태어났으니까. 태어났으니까 사는 거지."

"그래. 태어났으니까 살지. 물어본 내가 병신이다."

미주는 다시 창밖에 시선을 두었고, 나는 이상한 냄새가 나는 것 같아 마음에 들지 않는 빨대로 커피를 쪽쪽 빨았다.

미주에게 뜬금없는 질문을 한 건 오빠와 페리카나 치킨에 가서 단둘이 술 먹은 날이 떠올라서였다.

"하나야. 인간은 무엇으로 사는 거 같니?"

"돈이지. 돈 때문에 사는 거지."

그날, 나 역시 미주와 똑같은 대답을 했다. 이유는 달랐지만.

공장에서 계약직으로 일하고 있던 때였다. 내가 선택한 길이라고 해도 너무 힘들었다. 체력에 자신이 있고, 낮이건 밤이건 잘 자는 체질이었음에도, 2조 2교대 근무는 내 육체와 영혼을 갉아먹었다. 경비원이던 아빠는 2조 1교대였는데, 한 곳은 두 달 만에, 다른 곳은 한 달 만에 잘렸으면서도 자기반성 같은 건 하나도 없이 세 번째 아파트에 갓 출근한 즈음이었다.

내 눈에 세상의 모든 문제는 돈 때문이었고, 해결책 역시 돈이었다. 행복하지 않은 이유는 돈이 없기 때문이고, 충분한 돈이 있으면 대부분 해결된다는 식이었다. 이런 논리 하나로 세상 모든 걸 설명할 수 있다고 생각했다. 아이가 공부를 못 한다고요? 돈이 없어서입니다. 비싼 과외 선생을 쓰면 해결됩니다. 외모가 고민이라고요? 돈이 없어서입니다. 비싼 성형외과에 가면 해결됩니다. 몸이 안 좋아요? 우울하다고요? 네, 돈 때문입니다.

그리고 작년 가을, 정확히는 엄마의 기일이었다. 비번이어서 집에 혼자 있던 나는 엄마 사진을 보며 그때 오빠가 했던 질문을 내게 다시 던지곤 했다. 우리는 왜 사는 걸까? 그냥 돈 버는 기계로 살기 위해 태어난 건 아닐 것이다. 동물처럼 그저 번식이 삶의 최대 목적은 아닐 것이다. 인간의 삶이란 건 어떤 의미가 있고 가치가 있는 거지? 엄마, 말해줘. 인간은, 아니 나는, 왜 사는 거지? 엄마는 답이 없었다.

닷새 동안 밤 8시부터 아침 8시까지 12시간 일하고, 집에 와서 이틀 동안 쉬며 시차 적응을 하고, 다시 출근해 아침 8시부터 밤 8시까지 일하는 생활이 반복됐다. 피곤에 절은 사람은 인내심이 없다. 다른 이의 사정 따위도 모른다. 내게 피해를 주면 화내고 욕한다. 그렇게 근시안으로 사는 사람들과 붙어 지내다가 텅 빈 집에 들어오고, 다시 공장에 가서 일하다 보면 문득 내가 투명 인간 같다는 생각이 스며들곤 했다.

사는 게 뭐냐는 질문은 죽는 건 또 뭐냐는 것으로 이어졌다. 엄마 사진을 놓고 꽤 술을 마셔서 그랬는지 위태로운 상태였던 것 같다. 즐겁고 행복한 순간은 늘 너무 짧고, 고통과 불행은 죽기 전까지 끊이지 않을 텐데, 죽는 게 아무것도 아닌 것처럼 여겨졌다. 늘 집에 있던 엄마가 구급차를 타고 나간 다음 날에는 집에 없는 것. 그게 죽음이었다. 차갑게 식은 엄마의 얼굴은 평온해 보였고, 평소와 다름없어 보였다. 유일한 차이는 숨을 쉬지 않는다는 것 하나였다. 그게 죽음이었다.

살면서 뭔가를 진지하게 고민해 본 적이 없었다. 그날부터 줄곧 나는—혹은 인간은—왜 사는가에 대해 고민했다. 나, 인간, 주어가 바뀌면 고민의 깊이도 바뀌었다. 그러다 오빠가 내게 했던 질문이 떠올랐던 것이다. 하나야. 인간은 무엇으로 사는 거 같니. 그때 오빠가 뭐라고 말했는지는 기억이 나지 않지만, 오빠도 나와 똑같은 고민을 했던 건 분명하다.

그래, 우리보다 앞서 태어난 똑똑한 사람들도 같은 고민을 했을 것이고, 책 안에 답이 있겠지. 오빠가 집에 두고 간 책 중 가장 아끼던 것들, 손때가 많이 묻은 책을 집어 들었다. 비오는 날 풍기는 흙 냄새가 났다. 대부분 헌책방에서 오래 묵은 것들이라 골동품 수준이었다. 책을 읽은 사람 중 누군가는 책장을 넘길 때마다 침을 발랐을 것이고, 코딱지를 묻혔을지도 모른다는 생각에 책을 읽고 나면 꼭 손을 닦아야 했다.

오빠가 따로 모아둔 책은 헤르만 헤세의 『나르치스와 골드문트』와 『데미안』, 버트 도드슨의 『드로잉 수업』, 성서원의 『베스트 성경』, 송대방의 『헤르메스의 기둥』, 노자의 『도덕경』, 이외수의 『사부님 싸부님』을 비롯해 스무 권 남짓이었다. 공통점이라면 대개 죽은 사람들이 쓴 책이었고, 내용이 어려워서 읽기 힘들다는 것이었다. 『사부님 싸부님』은 만화라서 훨씬 나았지만.

그러다가 책 읽는 재미에 빠져들게 됐는데, 그건 안개가 스며드는 것처럼 서서히 일어나는 현상이 아니었다. F1 경기 중에 발생하는 사고가 그렇듯 예측불허의 순간에 갑작스럽게 벌어지는 사건과 같았다. 시간이 날 때마다 책을 읽으니 재미와 보람이 있었지만, 문제도 생겼다. 고민에 대한 답을 얻기는커녕 머릿속만 더 복잡해지기만 했기 때문이다.

야간 근무를 마치고 돌아온 날이었다. 자고 일어나 늦은 점심을 먹고 조지 오웰이라는 사람의 책을 마저 읽다가 깜빡 잠이 들었다. 그 짧은 시간에 꿈을 꾸었는데, 꽤 넓은 방 안에서 수많은 사람과 가족처럼 살고 있었다. 그중에는 우리 엄마와 오빠는 물론 미주를 포함한 학창 시절 친구, 함께 운동하던 언니들도 있었다. 일하지 않아도 때마다 맛있는 식사가 나왔고, 온종일 즐겁게 놀기만 하면 됐다. 천국에 온 것 같았다.

하지만 평온은 잠시였다. 자고 일어날 때마다 사방의 벽이 조금씩 죄어와 방이 작아졌고, 밥의 양도 줄어들기 시작했다. 시간이 지날수록 벽은 빠르게 좁아졌고, 자고 나면 누군가 죽은 채 발견되는 일까지 이어졌다. 하루는 자다가 누군가의 비명에 벌떡 일어나니 수염 난 서양 남자가 우리 엄마를 공격하고 있었다. 있는 힘을 다해 그의 얼굴을 때리고 목을 졸랐다. 그의 숨이 거의 넘어갈 때쯤 잠에서 깼다. 온몸이 땀으로 흠뻑 젖어있었다.

"나 이거 샀어. 예쁘지?"

예전 생각에 잠겨있다가 미주의 목소리에 빠르게 현실로 돌아왔다. 그래, 스타벅스에 있었지. 잠시 자리를 비웠던 미주가 텀블러세 개를 들고 왔다. 하나는 집에 두고, 하나는 회사에 가져가고, 하나는 차에 놓을 거라고 했다. 세상에 걱정이라고는 하나도 없는 표정으로. 그녀에게 인간은 무엇으로 사느냐는 질문 같은 건 필요가없다. 걱정 없는 사람은 고민도 하지 않는다.

***

태백에 산다고 해서 불금을 모르겠는가. 대학길의 술집이 젊은이들로 붐비고, 시내 식당에는 외지인들이 길게 줄을 서고, 교복 입은 아이들이 황지 시장 뒷골목에 쭈그려 앉아 어른 눈치도 아랑곳하지 않고 담배를 피우고, 재래시장에서 천 원만 깎아달라느니 마느니 흥정하는 사람들도 큰맘 먹고 치킨 한 마리를 주문하는 게 태백의 금요일 밤이다.

서울, 그것도 강남 한복판에서 맞이하는 불금은 차원이 달랐다. 학교 놀이터가 세상에서 가장 즐거운 곳인 줄 알았던 아이가 롯데월드나 에버랜드에 가면 느끼는 것과 비슷할까. 미주에게는 좋았는지 모르지만 나는 아니었다. 클럽 앞에 길게 줄을 늘어선 사람들을 보니 5월 논두렁이 떠올랐다. 발정 난 개구리들로 보였다. 얘는 두꺼비, 쟤는 맹꽁이, 비쩍 마른 애는 도롱뇽.

"하나야, 저기 들어가자."

"또 카페? 오늘 커피만 석 잔 마셨다."

"너 담배 땅긴다며. 안에 흡연실 있다잖아."

술 한 모금 안 마셨는데도 거리의 소음과 번쩍이는 간판 때문에 어질거리던 차였다. 어디 들어가 앉고 싶고, 담배도 피우고 싶었는데, 적당한 곳을 찾지 못해 마냥 걷고 있었다. 미주의 눈썰미 덕분에 흡연실이 있는 카페에 들어갔다.

"이제 좀 살겠네. 야, 너 이렇게 더운데도 서울이 좋아?"

"그럼. 더우면 에어컨 틀면 되잖아."

태백에서는 상상도 못 할 더위였다. 흐린 날씨였는데도 기온이 30도를 훌쩍 넘었고, 습도가 높아서 가만히 있어도 땀이 줄줄 흘렀다. 미주가 이끄는 대로 경복궁과 남산, 광장시장까지 돌아다니느라 체력이 바닥났다. 신사동으로 오는 택시 안에서 놀이공원 못 간 게 아쉽다는 미주를 보며 노는 체력이란 게 따로 있는 건가 하는 생각이 들었다.

매주 빼먹지 않고 얼굴을 보는 사이지만, 며칠 함께 먹고 자면서 종일 붙어 있다 보니 녀석과 내가 참 다르다는 걸 새삼 느꼈다. 겉보기에는 내가 털털하고 미주가 깔끔한 체를 할 것 같지만 실상은 정반대다. 나는 문손잡이 잡는 것도 꺼리고, 벤치에 앉는 게 영 찝찝하다. 미주는 안전띠 만진 손을 닦지도 않고 화장을 고쳤고, 경복궁 돌계단에 궁둥이를 붙일 때도 망설임이 없었다.

운동한 사람 중에 나 같은 사람이 많기는 하다. 훈련할 때야 온몸이 땀으로 범벅이 되고, 더러워진 손으로 얼굴과 몸을 만지고, 풀풀 올라오는 먼지를 마시지만, 훈련을 마치고 씻는 순간부터 결벽증 환자로 돌아간다. 국가대표 상비군 소집 훈련 때 스포츠심리학 교수님이 특강 때 해준 얘기로는 강박증 때문이다. 나 같은 기록 종목 선수가 더욱 심한데, 모든 변수를 통제하려는 마음이 커서 그렇단다.

내 루틴은 포환을 던지기 직전에만 적용되는 게 아니다. 준비운동은 물론 운동을 마치고 정리할 때도 늘 일련의 절차를 지켰다. 일상에도 수많은 규칙이 있다. 양말과 신발을 벗고 신을 때는 늘 왼쪽이 먼저다. 길을 걷다 옆에 주차된 자동차가 있으면, 중형차 기준으로, 앞 범퍼에 맞춰 한 걸음, 앞바퀴에 한 걸음, 차체에 세 걸음, 뒷바퀴에 한 걸음, 뒤 범퍼에 한 걸음, 총 일곱 걸음에 맞춰서 지나야 한다.

"하나야, 나 한 입만."

미주가 입술을 쭉 내밀며 말했다.

"으이그. 거봐, 뜨거운 거 먹기 싫지?"

뜨거운 얼그레이를 고르더니 기어코 내가 먹고 있는 과일 주스를 탐내는 녀석이 얄미우면서 한편으로 사랑스러웠다.

"미주야. 너도 고민 같은 게 있냐?"

"뭐래? 나 강천 오빠 때문에 살 빠진 거 안 보여?"

"아니. 그런 거 말고. 더 큰 거 말이야. 나는 왜 사는지. 사는 게 뭔지. 그런 거 말이야."

"있지, 고민."

미주가 심각한 표정을 지었지만, 전혀 걱정되지 않았다. 오히려 또 어떤 황당한 얘기를 늘어놓을지가 기대되었다.

"있잖아. 아까 걸어올 때 내가 말한 호텔 있지?"

"어. 큰길가에 있던 거?"

"맞아. 실은 재작년에 아빠랑 와서 보고 갔거든. 아빠가 나보고 맡으라는 게 그거야."

광장시장에서 출발해 신사역에 도착했을 때였다. 택시에서 내리니 미주가 조금 걷자고 했다. 한강 방향을 향해 걷던 미주가 한 건물 앞에 멈추더니 고개를 들어 한참을 바라보았다. 호텔이었다.

"야, 시골에 있는 펜션 하나 운영하는 게 평생의 소원인 사람도 있어."

"알아. 그럼 어떡해. 내 눈에는 모텔인데. 겨우 그게 내 전부라고? 말도 안 돼."

진지한 것과는 거리가 멀고, 평생 고민이라고는 해본 적 없는 것 같은 미주가 낯선 얼굴로 나를 바라봤다. 친구니까, 녀석은 내 형편도 뻔히 안다. 그러니 부러워하라는 의도로 꺼낸 얘기는 아니었다.

불길한 예감이 들었고, 듣고 보니 내 예감이 맞았다. 미주가 긴 얘기를 시작했다.

그녀가 호텔리어가 된 것은 아버지의 뜻이었다. 우주 오빠가 의사의 길을 걷게 된 것과 마찬가지로. 미주네 아버지는 오래전부터 중국, 일본에 있는 기업과 협력하여 강원도는 물론 동북아를 대표할 의료관광 복합단지 조성을 준비하고 있었다. 워낙 큰 사업이라 정부 부처의 지원은 물론 관련 법률안 개정을 발의할 국회의원의 힘이 필요한데, 그것도 하나둘 진행 중이란다.

의사인 우주 오빠가 그곳에서 어떤 역할을 맡을지는 분명했고, 미주는 그곳에 새로 지을 호텔을 자기가 경영하게 될 거라 기대했다. 하지만 김칫국부터 마신 꼴이었다. 미주 아버지의 설계도에 그녀 자리는 없었다. 대신 강남에 있는 호텔을 인수할 테니 맡아서 운영하다가 좋은 곳에 시집을 보낸다는 계획이었다. 그게 아까 나와 함께 보았던 그 호텔이었다.

"나 병원 다녀. 우울증이래."

"우울증?"

"응. 웃기지? 나도 알아. 내 주제에 거기도 과분하다는 거. 그런데 어쩌냐. 너 알지? 왜, 집 구할 때, 큰 집 한 번 보고 나면 작은 집은 눈에 들어오지도 않는다는 거. 매일 호텔에 출근하는 내 눈에 모텔이 들어오겠어? 아니, 진작에 서울로 보내줬으면 또 몰라. 왜 촌구석 호텔 직원으로 처박아뒀냐고."

미주를 이해할 수 있었다. 나에게 대입하면, 4조 3교대 공장에서 나이 어린 조장으로 일하고 있다가 갑자기 2조 2교대 공장의 알바로 전락한 것과 비슷한 걸까.

나는 서울에 살 생각이 없고, 스타벅스니, 클럽이니, 감성주점이니, 한강뷰니, 그런 것에 관심이 하나도 없다. 하지만 미주의 관심은 늘 서울에 쏠려있었다. 틈만 나면 서울 사람들이 어떤 걸 먹고, 뭐를 입고, 어디에 가는지를 검색했다. 그런 서울에서, 그것도 강남에서 호텔을 맡게 되었는데, 자기 눈에는 모텔이다. 미주에게 호텔과 모텔의 차이는 강남 클럽과 태백 감성주점의 차이보다도 클 것이다.

"미안해 하나야. 배부른 소리 해서."

"아니야. 괜찮아."

"난 네가 부러워."

"미친년. 왜, 조장이라? 우리 공장 와서 일해. 내가 **빵빵하게** 챙겨줄게."

내가 너스레를 떨자 눈물을 글썽이던 미주가 희미하게 웃었다.

"정말이야. 너는 늘 담담하고 든든하잖아. 모든 네 힘으로 하고."

"기댈 곳이 없잖아. 기대할 것도."

"어른 같아. 나는 있잖아. 어른인 거 싫어. 그냥 놀고 싶어. 왜 사는지 모르겠어."

미주가 눈물을 흘렸다. 우울증인 게 맞긴 맞나 보다. 다른 테이블에서 힐끗거리는 게 느껴졌지만, 나는 우는 사람을 어떻게 달래는지 모른다.

　다행히 하연 언니가 우리 모두를 살렸다. 구디에서 오빠 새끼를 만났고, 방금 헤어졌다는 문자 메시지가 왔다. 오빠 소식에 미주가 눈물을 뚝 그쳤다. 이어서 신사역과 구디역 중간인 사당역에서 보자는 문자가 도착했다. 화장실에서 화장을 고치고 나온 미주와 카페에서 나왔다. 당연히 택시를 타자고 할 줄 알았는데, 미주는 대뜸 지하철역으로 가자고 했다.

　"어? 너 웬일이냐. 택시 타자고 하면 혼내려고 했더니."

　"여기 서울이거든? 게다가 불금이잖아. 얼마나 막히는데."

　야무진 척 얘기를 하는 게 귀여워서 뺨을 꼬집어주고 싶었다.

　3호선을 타고 교대역에 가서 2호선으로 갈아탔다. 과연 퇴근 시간대의 지하철에는 사람이 미어터졌다. '콩나물시루 같다'라는 표현이 왜 생겼는지 곧바로 알 수 있었다. 사람들은 다들 뭐가 그리 바쁜지 종종걸음을 했고, 전력 질주를 하는 사람도 많았다. 나는 그런 속도에 적응할 의지도 자신도 없다.

***

　지하철 안에서 하연 언니에게 문자 메시지를 보내 대충 어떤 얘기가 오갔는지 묻고 싶었지만 직접 듣는 게 나을 것 같아서 참았다. 아니, 최대한 늦게 듣고 싶은 마음이었던 게 사실이다.

TV 드라마에서나 봤지, '지하철역 몇 번 출구에서 만나자'라고 약속을 한 건 태어나서 처음이었다. 사당역 8번 출구에서 언니를 만났다. 한껏 상기된 표정이어서 혹시 술 마셨냐고 하니 아니란다. 언니가 제안한 메뉴는 치맥이었다. 온종일 먹고 다녀서 음식 생각이 별로 없었는데 치킨 얘기를 들으니 식욕이 돋았다.

저녁 시간이라 가게마다 손님으로 가득 차서 골목을 한참 헤매다가 겨우 빈 곳을 찾았다. 공교롭게 페리카나 치킨을 마주하고 있는 가게였다. 야외테이블에 자리를 잡고 앉아 마늘 통닭에 생맥주 석 잔을 주문했다. 벌써 나흘째 쉬지 않고 술을 마셨는데도, 시원한 생맥주가 나오니 잃어버린 휴대폰 다시 찾은 것처럼 반가웠다.

둘이 뭐 하고 보냈느냐는 언니의 물음에 영화를 본 것부터 시작해 쩌 죽을 날씨에 경복궁에 가서 한복 입고 사진 찍은 것, 커플들만 가득한 남산에 간 것, 광장시장에 가서 노점을 세 군데나 들렀는데 더워서 맛도 못 느낀 것을 포함한 미주의 만행을 잔뜩 고발했다.

"잘했네. 서울 구경 제대로 했어."

심드렁한 반응이었다. 하긴, 미주와 내가 뭘 했는지가 뭐가 중요하겠는가. 이제 오빠를 만나고 온 언니의 차례였다.

"하나야. 네 오빠 장난 아니더라."

"맞지? 아, 그 새끼 진짜. 어때, 심각해?"

"야, 나 이거부터 얘기할게. 아까 채 대표님이 구디에서 스타트업 임원들한테 강의를 했거든? 자리가 꽉 찼더라."

"미친! 아니, 자기가 뭐라고. 뭐래? 무슨 사기를 치는 거야?"

언니는 잠시 두 눈을 감았다 뜨더니 고개를 절레절레 흔들었다.

"아니, 그 얘기가 아니라. 그 강의 끝나면 곧장 세미나에 참석하는 일정이더라고. 바쁜 거 진짜였어. 내 이메일 보고 억지로 시간을 내신 거래. 건물 지하에 있는 카페에 내려갔는데, 명색이 기자라고 인터뷰 요청을 한 거잖아? 그런데 대뜸 네 안부부터 묻는 거야. 하나 잘 있냐고."

"얼척 없네. 내가 왜 거기서 나와?"

오빠에게는 하연 언니 얘기를 한 적이 없다. 그러니 초면인 사람인데, 만나자마자 내 이름을 대며 안부를 물었다니, 뭔가 잘못된 게 틀림없었다.

"그러니까. 내가 술 먹고 이메일을 보냈잖아. 거기다가 실수로 네 이름을 적은 거야. 출근해서 보낸 메일을 다시 읽었는데도 이상하다는 걸 몰랐어. '바쁘시겠지만, 제가 하나와 친한 언니이기도 합니다. 귀한 시간 잠시라도 내주시면', 이딴 말을 적었더라고, 내가."

"이 언니가 진짜. 아무튼 옛날부터 언니 스포일러 성능은 확실했어."

"나 진짜 왜 이러냐. 인터뷰라고 해봤자 맨날 누구 소개받아서 했던 게 전부라 버릇이 됐나 봐. 암튼, 네가 걱정돼서 인터뷰에 응한 거래."

주문한 마늘 통닭이 나왔다. 지금껏 먹은 마늘 치킨이 정통 알리

오 올리오처럼 마늘 향만 나는 것이었다면, 이곳의 마늘 통닭은 토종 한국식이었다. 껍질과 함께 다리 살을 입에 넣으니 알싸한 마늘과 고소한 기름이 섞여 멈출 수 없는 맛이었다. 한동안 셋 다 말없이 먹기만 했다.

"너 진짜 멋진 오빠 두었더라."

침묵을 깬 건 날개를 손으로 잡고 뜯던 언니였다.

"무슨 말이야? 이제 말해봐, 언니. 그놈이 구체적으로 어떤 사기를 치고 다니는 거야?"

"그게 있잖아. 말하자면 복잡한데."

"사기꾼들 하는 말이 다 그렇다니까? 복잡하게 말하잖아. 그 강의도 사기였지?"

"전혀 달라. 반대였어. 사기당하지 않도록 도와주는 강의였거든."

구디에서 했던 강의에서 오빠는 투자 유치를 약속하며 스타트업에 접근해 지분을 요구하는 사기꾼을 다루었다고 했다. 대여섯 명정도로 추정되는 사기꾼 일당이 투자사 임원, 정부 지원사업 심사위원, 산학협력단 교수 같은 명함을 내밀며 강남, 판교, 구디를 비롯해 IT 기업이 몰린 곳을 누비고 다닌단다.

"투자 계약서가 워낙 교묘해서 재판을 걸어도 한참이 걸리는데, 유형이 있다는 거야. 그걸 하나씩 분석해주는데, 야, 정말 글자하고 숫자 몇 개로 장난쳐서 회사 하나 쉽게 꿀꺽하더라."

"뭐야. 그러니까, 사기 피해 사례로 공포심을 준 다음에 그 사람들 주머니를 노리는 거야?"

"아니라니까. 야, 나 대표님한테 혼났어."

"그건 또 무슨 소리야?"

"전문 분야 인터뷰를 딸 때 있잖아. 우리도 그냥 인터넷 뒤져서 전문가를 찾거든. 알지. 그중에는 자칭 전문가에 사기꾼도 많다는 거. 그런데 그렇게 무책임하게 기사를 내면 그 사기꾼 프로필에 한 줄이 추가되는 거고, 그걸 이용해서 더 큰 사기를 치게 만드는 거라고, 사기 방조를 하는 거라고 대표님이 조곤조곤 얘기하더라고. 뜨 끔했지. 맞는 얘기니까."

뭐가 잘못돼도 단단히 잘못된 분위기였다. 사이비 종교에 빠진 사람 구출해 달라고 보내놨더니, 돌아와서는 되레 좋은 말씀 가지 고 왔다고, 도를 아시냐고 묻는 격이었다.

언니가 인터뷰한 내용에 따르면 럭셔리브레인이라는 스타트업 은 메타버스와 NFT 시장에 진출하려는 기업을 컨설팅하는 곳이라 고 했다. 직원이 몇 명이고 연 매출이 얼마나 되는지 물어봤느냐고, 그러니까 실체가 있는 곳인지 확인했느냐고 묻자 언니는 답하지 못 했다. 베스트셀러 작가라는 타이틀의 근거와 교수까지 가르칠 정도 의 인기 강사라는 증거 역시 찾지 못했다.

"언니, 왜 어제랑 말이 달라? 언니가 말한 책기꾼들하고 뭐가 다 르냐고."

"그게. 들어보니까 확실히 달랐는데. 아, 뭐라고 표현해야 하지?"

웃기는 상황이었다. 전날 언니가 말한 책기꾼들과 오빠가 하는 행태가 똑같은데, 정작 오빠를 만나고 온 언니는 오빠가 세상에 단 한 명도 없다던 정의의 사도인 것처럼 얘기했다. 그렇지. 언니가 괜히 황지 꼴통스의 창립 멤버가 된 게 아니지.

"언니, 그거 저도 아빠한테 들은 얘긴데. 사기당한 사람들만 노리는 사람들 많아요. 동계올림픽 때 기획부동산한테 당한 사람들 많았잖아요. 아빠랑 아는 분이 그 사람들한테 돈 받아다 주겠다면서 착수금 받고 날랐다가 깜빵 갔어요."

미주 얘기에 무릎을 쳤다. 적절하고 구체적인 사례로 단숨에 상황을 정리하다니. 나도 말을 보탰다.

"어제 언니가 말해줬잖아. 책기꾼들이 플랫폼 사업에 뛰어들었다는 거. 내가 보니까 오빠 새끼가 딱 그거야. 사기 예방 전문가라는 이상한 직업 만들어서 검색에 노출되게 한 다음에 알바들 풀어서 책 사게 만들고, 유튜브 숫자 조작하고, 그러다 뽀샵해서 만든 한 달 수익 자랑하면서 제자 키우는 거 아니야. 오빠가 그런 짓을 할 리는 없고. 누가 뒤에서 조종하는 거야. 그래, 진동호! 그 새끼야. 그 새끼가 지금 우리 오빠 내세워서 사기 치는 거야. 번들번들하게 생겨가지고, 눈웃음을 쳐가면서 가는 목소리로 얘기하는 게 딱 사기꾼 같더라."

전날 언니가 해주었던 진화한 책기꾼들의 얘기가 고스란히 오빠에게 적용되었다. 아빠를 닮았으니 멍청할 게 뻔한 오빠다. 사기를 당하면 당했지, 칠 리는 없다. 진동호의 뒤를 캐면 뭔가 나올 것이다. 사기 전과가 있거나, 책기꾼 출신이거나.

오빠를 유튜버로 만든 것에 이어 오프라인 강의까지 뛰게 했으니 본격적인 플랫폼 사업에 시동을 건 것이다. 곧 '세상 사람들은 아무도 모르지만, 유튜버들 사이에서 인정받는 존재'로 만들겠지. 전날 언니가 말해줬던, 책기꾼들의 플랫폼 전략이 그러하니까.

책기꾼들의 플랫폼 전략은 다음과 같은 빌드업으로 진행된다. 먼저 이미 있는 현상이나 개념을 두고 이상한 신조어를 만들어낸다. 경영학과 교수들과 다른 건 때로는 현실에 없는 것도 지어낸다는 것이다.

예를 들어 '낡은 오피스텔보다 신축 빌라 선호하는 MZ세대'를 줄여서 '오보다빌 세대'처럼 거지 같은 조어를 퍼트리고, 광고비 뿌려둔 찌라시 언론을 시켜 모르면 손해 볼 것 같은 제목의 기사를 찍어내게 한다. '오보다빌 세대'로 검색하면 책기꾼의 이름이 상단에 뜨면서 책 판매, 유튜브 동영상 시청을 유도한다.

블로그나 카페에도 이미 작업을 해두어 책기꾼은 '나 혼자 사는 MZ세대들의 부동산 대통령' 같은 타이틀로 지칭되며, 책기꾼을 찬양하는 글이 곳곳에 도배 되어있다. 행여 책기꾼의 과거 경력이나 현재 성과에 대해 의심하는 댓글을 달면 곧바로 삭제되거나 알바들에 의해 역으로 알바 취급을 받는다. '오피스텔 카페에서 온 첩자'라는 식으로 몰리는 것이다.

"언니, 그 강의 들으러 온 사람들 진짜 전부 스타트업 임원들 맞아? 확인해 봤어?"

"확인은 안 해봤지."

"그럴 줄 알았어. 언니가 어제 말했잖아. 사기꾼들은 어디 가도 알바를 동원한다고."

"맞아, 그랬지. 에이, 야! 너 때문에 헷갈리잖아! 아니라니까!"

"헷갈릴 게 뭐 있어? 사이즈가 딱 나왔구만."

강의나 행사에 알바들을 동원하는 건 피라미드를 확장하는 속도가 가장 중요하기 때문이다. 맥락 없이 늘어놓는 터무니없는 소리에도 한두 명이 아닌, 십수 명이 손뼉을 치고, 고개를 끄덕이고, 그중 일부가 감동의 눈물까지 흘리면 현혹되는 사람이 반드시 나온다.

책기꾼들의 첫 번째 수입원은 알바들을 통해 나온다. 더 정확히는 알바를 고용해 일을 시키며 '쩐주'로부터 돈을 받는다. 전주가 빌라 투기 세력이면 '오보다빌 세대', 오피스텔 쪽이면 '빌보다오 세대'가 되는 것이다. 최저 시급도 안되는 돈으로 알바를 부리며 전주의 일을 대행하는, 소위 '온라인 마케팅'이 그들의 일 중 '일부'다.

알바를 모으는 건 어렵지 않다. "야 너도 할 수 있어"라며 책기꾼의 사업에 동참하라고 부추기는 것이 시작이다. 전문지식이나 학위, 경험이 없더라도 누구나 작가가, 강사가, 사업가가 되어 경제적 자유를 누릴 수 있다며 꿀처럼 달콤한 말을 속삭인다. 직업이 없고 신용등급이 낮아도 대출이 가능하다는 사채 광고를 보고 스스로 찾아가는 이들이 있듯, 그 달콤한 말에 젊은 대학생이나 취준생, 직장 생활에서 어려움을 겪는 이들이 모여든다.

"어제 언니가 한 말이 다 옳았는데, 오늘은 왜 또 언니가 흔들리고 그래?"

"아이 씨. 아닌데, 니네 오빠는 아닌데."

"또 이러네. 언니가 그랬잖아. 걔네들 방식이 저급한데도 조급한 사람은 넘어간다고. 언니 혹시 회사 그만둔다고 한 것도 그냥 충동적으로 한 말 아니야? 어제는 내부고발 어쩌고 그런 거 하겠다더니, 사실은 두려워서 흔들리는 거 아니냐고. 지금 언니 눈빛이 혼탁한 거 알아?"

"몰라, 몰라. 사장님! 여기 오백 하나, 아니, 두 잔 더 주세요."

솔직히 언니 눈빛이 혼탁한 건 아니었다. 하지만 미세하게 흔들리고 있는 건 사실이었다. 오빠 새끼 혹은 오빠를 조종하는 세력들에게 그새 미혹된 것이다. 어제 우리에게 들려준 말을 고스란히 되돌려받고 있다니. 정말 내일 일도 모르는 게 인생이다.

책기꾼들이 알바의 신뢰를 얻는 건 꼬박꼬박 지급되는 알바비 덕분이었다. 자신이 받는 돈에 다른 알바 머릿수를 곱해본 알바는 꽤 튼튼한 회사에 들어왔다고 생각하며 안도하게 된다. 책기꾼이 지정한 책과 상품을 사재기하고 나면 손에 쥐는 건 거의 없으면서도. 그런 알바 중에서 업무 성과가 좋은 인원은 그 충성된 신앙심을 인정받아 직원으로 진급한다.

결론부터 말하자면 그들의 플랫폼 사업은 다단계 혹은 사이비 종교의 시스템과 일치한다. 알바들이 하는 주된 업무 역시 그렇다. 하연 언니는 자기가 하는 일과도 비슷하다고 했다. 먼저 회사, 혹은 교주의 방침에 맞는 글을 여기저기서 긁어온 뒤 짜깁기하는 것이다. 광고나 찬양, 간증의 글을 올리는 것인데, 티 나지 않게 하는 것이 가장 중요하다.

이어서 자신의 글은 물론 동료 글에 달린 댓글을 관리하는 일이다. 이른바 댓글 부대인데, 예전과는 다른 양상이란다. 전에는 악플이 달리면 방어부터 하는 게 원칙이어서, "이렇게 저희를 비방해서도 신은 당신을 사랑하십니다"라고 부드럽게 대응하거나, "뻔한 얘기라는 분들 말씀에 동의합니다. 하지만 실천하는 건 또 다른 얘깁니다. 저는 대표님 이론을 하나씩 실천하며 인생을 바꾸었습니다" 같은 어조의 댓글을 달았다. 부드럽긴 하지만 댓글 알바라는 티가 난다.

요즘에는 공격이 최선의 방어라는 원칙으로 바뀌어서 "ㅋㅋㅋㅋ 너 개독이지? 누구보고 이단이래. 믿기 싫으면 믿지 마. 지옥 불로 꺼져라", "사기라고 악플다는 피임 실패작들이 딱하다. 대체 어떤 혐생을 사는 거냐. 작가님 노력의 백 분의 일이나 해봤냐?"라는 식으로 개싸움을 유도하여 상대가 더러워서 떠나게 만든다는 게 언니 얘기였다. 똥까지 묻혀가며 댓글 싸움을 하는 사람은 드문데다, 행여 있다 하더라도 머릿수로 몰아붙이면 그만이니까.

"아, 이건 또 뭐야. 애들아. 나 이거 딱 한 잔만 먹고 사무실 들어가야겠다."

"왜요? 무슨 일 있어요?"

"회사에서 문자 왔는데, 아이돌 그룹이 거하게 사고 쳤대. 하나는 마약, 하나는 성폭력. 커뮤니티에 이니셜이 돌아다니는데 아직 오피셜 뜬 건 없나 봐. 기레기 짓 하러 가야지. 이런 걸로 제목 장사 하면 클릭이 장난 아니거든."

하연 언니는 새로 시킨 생맥주를 급하게 비우고는 정말로 자리를 떴다.

그녀가 오빠를 온전히 판단할 수 있다고 믿은 것부터 잘못이었나 하는 생각이 들었다. 언니가 하는 일이야말로 자기 입으로 말한 사기꾼들, 다단계, 사이비 종교가 하는 일과 다를 게 없지 않은가. 잘못이란 걸 알고 있다고 해서, 언젠가 그만두기로 정했다고 해서, 지금 하고 있는 일의 본질까지 바뀌는 건 아니다.

브레이크 없는 자동차

기나긴 여정의 끝이 보였다. 비장한 마음으로 마늘 통닭 한 마리를 추가 주문했다. 가슴이 두근두근 뛰고 더없이 혼란스러운 상황이었지만, 케첩과 마요네즈를 듬뿍 뿌린 양배추와 치킨 무 덕분에 두 번째 닭 역시 잘만 입에 들어갔다. 나보다 미주가 더 심각한 표정이었다.

"어떡해. 언니가 그랬잖아. 알바들부터 쪽쪽 빨아먹을 거라고. 강천이 오빠도 그러는 거야?"

"몰라, 씨발. 아무튼 너, 잘했어. 내가 이 새끼 대갈통을 진짜 부숴버린다, 오늘."

"야, 그러지 마. 아닐 수도 있잖아."

"미친년. 밥솥 코드 빠진 걸 봤는데 밥 잘 되기를 기다리냐?"

오빠가 SNS를 하지 않는 건 익히 잘 알고 있었다. 그렇다고 해서 SNS에 오빠의 흔적이 없는 건 아니었다.

내가 가게 옆 고물상 골목에 가서 담배 두 대를 연달아 피우는 동안 미주는 인스타그램을 뒤졌고, 해시태그로 오빠의 행적을 알아냈다. '#최강천재'로 검색하면 되는 일이었다. 그토록 간단한 방법을 두고 나흘 동안이나 헤맸다니. 멀지 않은 곳에서 아홉 시에 일정이 있다는 것도 알게 됐다. 이제 오빠 머리끄덩이가 손에 잡힐 듯 가까워졌다.

"언니가 그랬잖아. 알바들이 우리 또래라고. 걱정이네."

"어쩌라고. 나이 어린 게 벼슬이냐? 바보짓을 했으면 값을 치러야지."

"아니, 오빠한테 해코지라도 하면 어떡해."

"해코지? 놀고 있네. 자기들이 선택한 길인데 무슨."

제 발로 그런 곳까지 들어갈 때는 이미 사기꾼에게 매혹당할 만반의 준비가 된 상태라고 봐야 한다고 언니는 말했다. 내가 이렇게 성공한 사람이라며 얼굴과 통장을 인증하는 것, 인기 유튜버들과 같이 방송하는 것, 유명인의 추천사가 책에 실렸다며 친분을 과시하는 것, 그 허약한 근거에 속은 건 어딘가 의지할 곳이 필요한데 상식적인 방법으로는 안 될 것 같으니 상식을 뛰어넘는 걸 찾으려는 욕심 때문이다. 그 욕심은 사람의 눈을 가려 상식 이하의 세계로 추락시킨다. 사이비 종교에 빠지는 것과 같다.

언니가 취재한 대상 중에는 책기꾼들이 멘토라고 부르는 이들도 있었다. 기껏해야 삼십 대 초반으로, 명문대 석박사 과정에 있는 사람들이다. 책기꾼들의 원고를 돕는 것은 물론 강의안까지 짜준다고 했다. 책기꾼에게 부족한 이론과 지식을 채워주는 역할을 하지만,

그들 역시 사회 경험이 부족한 건 마찬가지라 내용은 거의 소설 수준이다.

책이나 강의, 유튜브 방송에서 책기꾼은 특정인을 지목해 비난에 가깝게 비판한다. 자기 말을 믿지 않고 원래 살던 대로 사니까, 자기가 직접 조언을 해줬는데도 실천하지 않아서, 그래서 망한 거고, 앞으로도 노예처럼 살 거라고. 혹은 그들이 사기꾼이었다고 고발한다. 그런데 그 '특정인'들은 사실 세상에 없는 존재인 경우가 대부분이며, 심지어 자기소개인 경우도 꽤 많아서, 하나씩 찾아 밝혀내는 재미가 쏠쏠했단다. 그래서 언니는 추격을 멈출 수 없었다.

"언니가 그랬잖아. 다 알면서 들어간 거라고. 어차피 인생은 경쟁이니까 빨리 쇼부치자는 게 최선이라며 덤벼든 애들이 해코지? 야, 쇼미더머니 탈락자들이 프로듀서한테 해코지하디? 기껏해야 SNS에서 뒷담이나 까지."

"아, 몰라. 그만 먹고 가자."

"기다려 봐. 아홉 시 시작이라니까 아직 시간 남았잖아."

내 관심은 휴대폰 화면에 뜬 광고에 있었다. SNS 태그를 샅샅이 뒤지며 오빠 새끼의 발자취를 추적하던 중이었다. 타임라인은 인터넷 커뮤니티에서 백악기 시대에나 유행하던 유머로 도배가 되어 있었는데, 사이사이에 과연 하연 언니가 말했던 광고들이 나타나기 시작했다. 자기가 쓴 책을 홍보하거나, 할인된 가격에 글쓰기 강의를 한다는 비교적 정상적인 광고와는 또 다른, 책기꾼들의 광고와

재택 부업 알바 광고였다.

언니는 회사 광고 인벤토리를 상시 점유하고 있는, 재택 부업 홍보하는 사람들과 책기꾼 사이에 비슷한 면이 있다는 것도 발견했다. 누구나, 집에서, 쉽게 돈을 벌 수 있다는 광고는 나도 SNS에서 수없이 많이 봤다. 맞춤법을 지키는 법이 없다는 게 특징이다. 광고 내용은 자신의 말을 믿고 사업에 동참한 누군가와 주고받은 문자 메시지, 포토샵으로 얼마든지 조작 가능한 통장 입금 사진이 전부다. 궁금하면 DM이나 카톡으로 연락하라는 식이다.

언니 말에 의하면 얘네가 걔네고, 걔네가 얘네였다. 본질은 다단계란다. 실체가 없다는 점에 주목하면 사기꾼임을 쉽게 판별할 수 있다고 했다. 허상에 투자하게 만들려면 공작새처럼 한껏 몸을 부풀려야 하는데, 가장 쉬운 게 사진이다. 수입차 운전석이나 한강이 보이는 아파트 창가에 앉아 있는 사진, 자신이 운영하는 고급스러운 카페나 술집에서 한껏 여유를 부리는 사진이다. 차는 리스, 집과 가게는 최소 보증금에 월세 많이. 그 정도 리스크는 감수해야 성공한다.

건강기능식품이나 의료기기처럼 물리적 형태가 있는 제품은 성능과 효능에 대한 객관적 검증으로 사기 여부를 적발할 수 있다. 하지만 책, 강연, 유튜브 동영상 같은 건 오로지 각자의 주관으로만 판단할 수 있다. 알바들이 사재기하고 댓글 방어를 하면, 순진한 사람들은 이게 좋은 건가 하고 속을 수밖에 없다.

맥주를 많이 마셔서 오줌이 마려웠다. 냅킨 여러 장을 챙겨 화장실에 들어갔다. 변기 커버 위에 냅킨 몇 장을 깔아두고 엉덩이를 댔다. 습관적으로 휴대폰을 들여다봤는데, 어디서 많이 본 사진이 눈에 들어왔다. 공유오피스 광고였는데, 엘리베이터 버튼, 키오스크, 가구 매장처럼 소파가 잔뜩 깔린 라운지, 은색의 커피 머신, 모든 게 익숙했다. 볼일을 마치고 돌아와 미주에게 휴대폰을 내밀었다.

"야, 씨발. 미주야, 이거 봐. 오빠 새끼네 사무실 광고야."

"뭔데?"

"존나 웃기네. 야, 공유 사무실 영업하는 것도 다단계인가 봐. 광고 보고 계약하면 자기한테 리베이트가 들어온다고 떡하니 써놨네."

미주는 놀라지 않았다. 호텔리어답게, 호텔이나 리조트도 '어필리에이트 프로그램'이라는 이름으로 비슷한 마케팅을 한다고 설명해주었다. 미국에서는 30년 전부터 하던 것이란다. 블로그나 카페에 오픈마켓 제품을 홍보하는 부업이 있다는 건 알았는데, 그게 다 같은 방식이었다.

"글 진짜 거지 같이 쓰네. 욕먹을 각오하고 남기는 솔직한 후기라면서 온통 장점만 있어. 뭐 공간이 좁고 어쩌고 단점도 몇 개 썼는데, 그런 걸 감수할 만큼 힙한 곳이래. 야, 무슨 클럽 후기냐?"

"네가 촌스러운 거야, 채하나. 인스타 감성 모르냐?"

"짜증 나. 세상에 온통 사기꾼만 득실거리는 거 같아."

"먹고살기 힘든가 보지. 그런데 그게 돈이 되나?"

200

나도 어제 하연 언니에게 미주와 같은 질문을 했다. 온라인 마케팅으로 돈을 버는 책기꾼들이 허상을 만들기 위해 지출하는 돈이 꽤 많다는 얘기를 들었을 때였다. "그런데 그게 돈이 돼?"라고 묻자 언니는 책기꾼들의 두 번째 수입원을 알려주었다.

알바 중 눈에 띄는 사람, 즉 자신의 책과 강의를 잘 팔고, 전주에게 받은 일을 잘하는—홍보 글을 잘 쓰고 댓글 방어를 열정적으로 하는—사람을 골라 자신의 분신으로 만드는 일이다. 흙수저에 루저였던 사람이 책기꾼의 특별한 비법을 연구하고, 그가 시키는 대로 열심히 살았더니 드디어 경제적 자유를 얻었다는 스토리를 분신에게 주입하는 것이다.

분신은 그런 간증을 유튜브에 올리고, 책을 쓰고, 강의를 시작한다. 그중 운 좋게 성공하는 이가 나오면 책기꾼은 자신이 선한 영향력을 미친 사례로 써먹는다. 이제 출판, 강의, 방송 편집을 도와주겠다며 계약서를 쓰게 하는데, 수익 배분 항목이 들어가 있다. 이어서 개인사업자 대신 법인을 만들라고 부추기는데, 지분 확보를 위한 것이다. 분신들이 법인을 만들면 그걸 투자 포트폴리오에 추가시켜 대단한 사업가 행세를 하기에도 좋다.

분신이 되는 건 쉽지 않은데, 여기에 책기꾼이 만든 신의 한 수가 숨어 있다. 분신이 책을 쓰고 강의하기 위해서는 책기꾼의—실은 멘토가 만든—이론과 커리큘럼이라는 밑천이 필요한데, 이게 공짜가 아니다. 여기에 유튜브 제작 노하우와 조회수 끌어올리는 방법을 가르치며 비싼 수업료를 받고, 알바를 통해 콘텐츠와 댓글을 지원한다는 명목으로도 돈을 받는다.

결정타는 책기꾼의 책과 그가 지정하는 물건을 대량 구매하도록 강제하는 것이다. 분신이 되겠다는 이의 호구 성향이 어느 정도냐에 따라 천만 원에서 일억원, 그 이상까지도 떠안게 한다. 분신의 주머니에서 나온 돈은 책기꾼의 사업체로 곧장 입금된다. 그리하여 오로지 허상뿐이던 책기꾼은 정말 돈과 명예를 움켜쥐게 된다.

이 단계까지 이르렀더라도 책기꾼은 멈출 수 없다. 자신이 멈추면 외부는 물론 내부에서도 이성적이고 비판적인 시선을 가지는 사람이 생겨나기 때문이다. 이를 예방하기 위해 알바도 열심히만 하면 분신이 될 수 있다는, 성장과 성공이라는 마약을 계속 투약하면서, 분신끼리도 경쟁하는 구도를 만들었다. 분신이 다른 분신을 자기 밑에 두어 관리할 수 있게 하고, 그 숫자가 일정 기준을 넘으면 파트너로 진급시켰다.

파트너가 되면 책기꾼에게 지분까지 받게 된다. 그러면 수익을 정산받을 수 있다. 그러자 분신들은 자기가 책기꾼에게 바치는 돈을 투자금 정도로 여기게 됐고, 더 많은 분신을 유치해 파트너가 되려고 노력했다. 이로써 책기꾼을 성공시켜야 자신도 성공할 수 있다는 신념과 믿음을 모두가, 스스로 갖게 됐다.

정리하자면, 어느 날 갑자기 뿅 하고 나타나더니 근거도 없이 자신이 성공한 사람이라고 주장하던 책기꾼이, 자신이 이루었다고 주장했던 것들을 기어이 현실로 이룬다. 무에서 유를 창조했으니 신화와도 같은 얘기다. 일하지 않고도 남이 일해 번 돈이 내게 들어오게 만드는 시스템, 이것이야말로 모든 사기꾼이 꿈꾸는 궁극이다.

하연 언니가 취재한 건 여기까지다.

"너는 강천이 오빠가 '분신'이라고 생각하는 거지?"

"당연하지. 걔가 책기꾼씩이나 되겠냐?"

"그러면 '전주'가 있을 거 아니야."

그래. 오빠가 전주일 리는 없다. 부티가 좔좔 흐르던 진동호, 역시 그 인간인가? 아니야. 대표이사로 나섰으니 그놈은 책기꾼이 맞아. 그러면 혹시, 신수진? 머리가 또 복잡해졌다.

"몰라. 야, 이제 뭐 이거 아닐까 저거 아닐까, 우리끼리 소설 쓸 필요 없어. 만나서 직접 들으면 돼."

"난 오빠가 책기꾼일 것 같아. 워낙 머리가 좋고, 배포가 남달랐잖아."

"머리가 좋아? 야, 그놈 머리는 호두 깰 때 말고는 쓸 데가 없어."

대체 뭘 봐서 머리가 좋다는 건지. 다리 사이로 고추나 숨기던 놈이란 걸 말해주고 싶었지만 참았다. 하늘이 무너질 것처럼 걱정 어린 표정의 미주를 보자 서울에 온 첫날, 호텔 방에서 와인을 마시며 추궁하다가 밝혀내지 못하고 잠들었던 게 떠올랐다.

"너, 우리 오빠랑 거기까지 간 건 아니라고 했지? 그럼 어디까지 갔어?"

"가긴 어딜 가? 술집에 몇 번 가기는 했지."

"네가 들이댔어? 키스까지 갔어?"

내 말에 미주는 부끄러운 듯 두 손으로 입과 코를 가렸다.

"대답해라. 죽는다 진짜?"

"아, 진짜 쪽팔리게. 그래! 내가 좋다고 고백했어. 그랬더니 내가 너무 소중해서 지켜주고 싶대."

"지켜주기는 개뿔. 네가 반달가슴곰이냐? 황금박쥐야?"

"말이 심하네. 사람을 무슨 그런 짐승에 갖다 대냐?"

"이 븅신아. 천연기념물이냐고."

그렇지. 오빠 새끼가 취향 하나는 확실한 사람이다. 소중하다고 한 건 뭐, 동생 친구니까. 다른 사람 기분 나쁘게 하는 성격은 아니니까.

아니다. 오빠가 군대에서 휴가 나왔을 때 둘이 식당에 간 적이 있다. 모처럼 흰옷을 입고 나갔는데 그놈의 쫄면이 꼭 먹고 싶다고 할 때부터 뭔가 불안했다. 역시나, 먹다 말고 내 옷에 시뻘건 양념을 튀었다. 눈이 뒤집힌 내게 그렇게 왜 흰 옷을 입고 왔느냐고 했다. 미친놈.

"몰라. 나 진짜 앞으로 어떻게 되는 거냐. 니네 오빠가 사기 친 거면 나 진짜 어떡해."

"왜? 사귀는 것도 아니면서."

"가능성이란 게 있잖아. 야, 그러면 내가 이 젊은 나이에 모텔 사장이나 하다가 아빠가 소개해주는 남자한테 팔려 가야 되겠어?"

울먹거리던 미주가 생맥주를 혼자 비우더니 냅킨으로 코를 닦았다.

"아이 씨. 카페에서도 질질 짜더니."

"영어 공부라도 제대로 할 걸 그랬어. 그랬으면 호텔경영학 공부하게 유학 보내달라고 졸랐을 텐데."

"너 고등학교 때 영어 과외받았다고 그러지 않았어? 서울대 나온 오빠한테."

"그랬지. 아, 마음잡고 공부하려는데. 엄마가 중국어를 배우라잖아. 앞으로 대세라고."

미주의 엄마는 중국에서 태어나 중국에서 살았고, 중국에서 관광 가이드를 하다가 미주네 아빠를 만나 한국에 왔다.

"그럼 중국어라도 제대로 배우지 그랬어."

"엄마가 속 터져서 못 가르치겠다고 포기했어."

"그래, 그래. 그나마 한국어라도 이 정도 하는 게 어디냐. 언니가 다 이해한다."

"히이잉."

미주가 이상한 소리를 내며 훌쩍거리기 시작했다. 같은 여자지만 나는 얘의 감정선이 변하는 걸 따라가기 힘들다. 휴대폰을 보니 이제 슬슬 일어날 시간이었다.

***

금요일 밤 아홉 시에 하는 북 콘서트 따위에는 대체 어떤 사람들이 참석하는 것일까 궁금했다. 네비 앱의 도움으로 간신히 찾은 건물은 허름했다. 지하로 내려가는 사람들의 면면을 보니 콘서트라는 이름과 어울리지 않게 나이 든 사람이 많았다.

건물 전체를 샅샅이 뒤졌는데, 야간이 되면 엘리베이터는 운행하지 않아서, 강당에서 나오는 출구는 하나뿐이었다. 오빠 새끼는 그야말로 독 안에 든 쥐였다. 강당이 있는 지하 2층으로 내려가려 하니, 정장 입은 사람이 계단 입구를 가로막았다. 미주가 다가가 물으니, 럭셔리브레인이 운영하는 인터넷 카페에서 사전 신청한 사람에게 발송된 QR 코드가 있어야 들어갈 수 있다고 했다. 별수 없이 끝나기만을 기다려야 했다.

삼십 분이 지나고, 한 시간이 지났다. 처음부터 미주는 차가 지나다니지 못하게 박아놓은 돌 말뚝 위에 철퍼덕 앉아 자리를 잡았다. 한 시간이 넘게 서 있던 나도 기어이 티슈 몇 장을 올리고 미주 옆 말뚝 위에 앉았다. 담배를 피우고, 편의점에서 사 온 과자를 먹고, 미주와 얘기를 주고받으며 기다리다 보니 드디어 사람들이 계단을 올라오는 소리가 들렸다.

벌떡 일어나 입구 쪽으로 갔다. 참석했던 사람들이 하나둘씩 밖으로 나오기 시작했다. 북 콘서트가 뭐 하는 건지는 몰라도 다들 궁은 표정인 걸 보니 좋은 분위기였던 것 같지는 않았다.

"하나야, 오빠다! 강천이 오빠야!"

옆에 있던 미주가 귀 따갑게 소리쳤지만, 나는 이미 오빠가 올라오는 모습을 확인한 뒤였다. 내 매서운 시선을 느끼지도 못한 채, 오빠는 청바지에 흰 셔츠를 입은 남자와 얘기를 나누며 계단을 올라오고 있었다. 캐주얼 정장에 스니커즈 차림이었다.

"채강천! 가자, 태백으로 가자!"

두 손을 허리에 얹은 채 기합을 잔뜩 넣은 내 목소리에 오빠 새끼가 화들짝 놀랐다. 거실 소파를 물어뜯어 사정없이 내장을 파내고 있던 비글이 외출 마치고 들어온 주인과 마주친 표정이었다.

"하나? 하나야, 네가 어떻게 여기에?"

"가자. 조용히 가자. 그러면 망신은 안 당한다."

잠시 놀란 표정을 지었던 오빠가 나를 향해 오른손 손바닥을 펴 보이며 말했다.

"잠깐. 하나야, 잠깐만 기다려."

무슨 핑계를 대고 어떤 말을 하더라도 무력으로 잡아끌고 가려던 게 애초의 다짐이었다. 그런데 오빠에게서 풍기는 묵직한 분위기와 어딘가 박력이 느껴지는 몸짓, 그리고 차분한 저음 때문에 멈칫하고야 말았다.

오십 대가 넘어 보이는 청바지 남자와 오빠는 계단 중간에 멈춰서 심각한 표정으로 한참 동안 얘기를 나눴다. 청바지 남자와 얘기를 마친 직후에도 누군가 다가와 말을 걸어서 오빠는 또 붙들렸고, 먼저 계단을 올라온 청바지 남자가 나를 보며 가볍게 고개를 숙였다. 한참 어른이 먼저 인사를 건넨지라 나도 고개를 숙였다.

오빠는 한 중년 여자와 대화 중이었는데, 그분이 눈물을 뚝뚝 흘리고 있어서 차마 끼어들 수가 없었다. 강당 문을 잠그고 올라온 남자 하나가 그 여자분의 등을 쓸어주고는 오빠의 어깨도 한 번 짚어주었다.

잠시 뒤, 오빠가 여자분의 손을 잡고 함께 계단을 올랐다. 나흘에 걸친 추적 끝에 드디어 오빠 새끼와 마주하게 됐다.

"하나야. 어, 미주도 같이 왔네?"

"안녕하세요, 오빠."

어느새 내 옆으로 다가온 미주가 다소곳하게 인사했다.

"지랄. 야, 너 꽉 붙들어."

나는 오빠의 재킷 허리춤을 힘껏 붙든 채 미주에게 얘기했다. 잠시 머뭇거리던 미주가 소매 끝을 잡았다. 나처럼 옷이 구겨지도록 힘을 주어 우악스럽게 잡은 게 아니라, 초등학교 때 선생님이 시켜서 남자 짝꿍과 손잡을 때처럼. 힘을 다 뺀 채 손가락 끝으로.

"됐어. 붙들기는 뭘 붙들어. 나 전화 한 통만 할게."

여전히 힘을 준 상태였는데도 오빠는 아무렇지도 않게 내가 붙들고 있던 오른팔을 가볍게 빼내어 휴대폰으로 전화를 걸었다. 미주를 흘낏 쳐다보았다. 나와 눈이 마주친 미주는 고개를 끄덕이더니 소매 끝을 잡고 있던 손을 풀고 아예 오빠에게 팔짱을 낀 채 들러붙었다.

"이사님, 접니다. 네. 방금 잘 끝났고요. 오늘 드린다고 했던 자료, 주말에 드려도 될까요? 네. 고맙습니다. 갑자기 일이 좀 생겨서요. 네. 들어가세요."

짧은 통화를 마친 오빠가 미주를 빤히 바라보더니 미주의 손목을 잡아 팔짱을 풀었다. 나는 보았다. 그 짧은 순간, 아무것도 아닌 접촉에 녀석의 볼이 붉게 상기된 것을. 로미오와 줄리엣이라도 되는 줄 아나 본데, 우리 집은 몬테규 같은 귀족 집안과는 수억 광년 거리가 있고, 녀석의 집안과 원수지간인 것도 아니다. 결정적으로 오빠는 미주에게 관심이 없다.

"여기까지 왔으니 어디 가서 얘기하자. 미주야, 미안한데 우리끼리만 갈게."

"네, 오빠."

미주가 새색시처럼 고개를 푹 숙였다. 어느새 나 역시 오빠가 주도하는 분위기에 그대로 말려들었다. 언젠가부터 내게 주눅 든 모습만 보이던 오빠가 완전히 달라졌다. 이것이 과연 사기꾼의 기개라는 것인가. 이런 포스에 눌려 수많은 사람이 사기를 당하는 것인가.

"호텔에 가서 내 짐 좀 싸줘. 최강천재님 데리고 금방 갈 테니까."

그렇게 미주 먼저 호텔로 보냈다.

오빠와 단둘이 남으니 어딘가 머쓱했다. 생각해보니 페리카나 치킨 이후로 밖에서 단둘이 있는 게 처음이었다. 오빠가 먼저 걸음을 옮겼고, 나는 혹시라도 도망치면 곧바로 붙잡을 태세를 유지하며 뒤를 따랐다.

자주 오는 동네였는지, 오빠는 고민도 안 하고 곧장 한 허름한 식당에 들어갔다. 24시간 해장국집이었는데, 실내에 꼬리꼬리한 냄새가 진동했다. 밤 11시였는데도 중년의 남자들로 테이블이 거의 다 들어찼다. 내게 묻지도 않고, 오빠는 해장국 두 그릇과 소주 한 병을 주문했다. 일하는 아주머니가 밑반찬과 소주를 테이블 위에 올려둔 뒤에야 오빠가 입을 열었다.

"해장국 괜찮지?"

"시킨 다음에나 묻네. 사기꾼들은 다 그러냐?"

"사기꾼? 하하하."

오빠 새끼가 크게 웃는 바람에 사람들이 우리를 쳐다봤다. 남들에게 주목받는 걸 원체 싫어하던 놈인데 많이도 변했다. 웃음을 멈춘 오빠가 깍지 낀 두 손을 테이블 위에 올려놓더니 내 쪽으로 몸을 수그리며 물었다.

"어떻게 알았어? 너, 진동호 변호사하고 수진이도 만났다며? 기자까지 보냈더라. 누가 시켜서 내 뒤를 쫓은 거야? 형사들하고 짠 거야? 지금 문 앞에서 지키고 있어?"

이를 문 채 읊조리듯 나직하게 말하는 목소리가 서늘했다. 서울까지 올 때는 나도 보통 각오를 한 게 아니었다. 하지만 형사라는 단어까지 듣자 팔에 난 솜털이 곤두서는 느낌이었다. 진짜구나. 이 새끼가 정말로 큰 사고를 친 거구나. 심장이 쿵쾅거리기 시작했다.

"내가 알아서 온 거야. 씨발, 너 진짜 미쳤구나. 말해. 누가 시킨 거야?"

"시켜? 뭐를 시켜?"

"너를 이용해 먹는 게 누구냐고, 이 새끼야!"

이번에는 내 목소리가 컸다. 드르륵, 사람들이 우리 쪽으로 몸을 돌리느라 의자가 바닥에 긁히는 소리가 났다. 이제 사람들의 시선 따위는 중요한 문제가 아니었다. 일촉즉발의 상황이 벌어질지도 모른다는 생각에 의자에서 궁둥이를 살짝 떼었다.

"너, 진짜 속았구나. 연기였어. 이게 메서드 연기래."

"뭐라고?"

"아까 그거. 실은 북 콘서트 아니었어."

"그것도 사기였어?"

실실거리며 웃는 얼굴을 보자 화가 치밀어 올랐다.

그 순간 주문한 해장국이 나왔고, 오빠 새끼가 따각 소리를 내며 소주 뚜껑을 열었다. 술도 잘 못 마시는 주제에 잔을 가득 채우더니 내게도 소주병을 내밀었다.

"너도 한 잔 받아."

"됐어. 사기꾼이 주는 술 안 받아."

오빠가 들고 있던 병을 뺏어서 내가 직접 내 잔을 채웠다.

"자, 어디부터 어떻게 설명해야 할까? 나중에 얘기해주려 했는데."

그 어떤 변명을 하고 핑계를 대도 넘어가지 않겠다고 다짐에 또 다짐을 하며 오빠 새끼의 말을 들었다.

"조금 전 일부터 설명할게. 그래야 더 쉽겠다. 그거, 후원의 밤 행사였어. IT 쪽에 유명한 청년 사업가가 있는데, 언론이나 증권가에서도 엄청나게 띄워줬거든. NFT 사업을 하겠다며 투자자를 잔뜩 모아놓고 해외로 잠적했어. 사기 피해자 중에 벌써 세 명이 스스로 목숨을 끊을 정도로 큰 사건이야."

북 콘서트에 모인 사람들은 그 사건의 피해자들과 그들을 돕는 후원자들이었는데, 그동안 정리한 구체적 피해 내용과 증거 자료를 놓고 확인하는 자리였다고 했다.

"결국 잡히긴 했어. 그런데 자기는 그게 사기인 줄 몰랐고, 시장 상황을 오판한 것뿐이라고 진술했어. 경찰들 앞에서 연기를 한 거야. 비싼 법무법인 앞세워서 1심 재판은 무죄가 나왔어. 유력한 정치인 아들이라 그런지 수사도 흐지부지했고, 아직도 피해자가 쏟아지고 있는데 언론에도 안 나와."

그럴듯한 얘기였다. 사기꾼들 하는 말이 다 그렇겠지. 페이스에 휘말리면 끌려가게 된다. 먼저 주도권을 잡는 게 최선이다.

"그 얘기는 관심 없어. 너, 아주 가관이더라? 베스트셀러 작가에, 잘나가는 강사에, 스타트업 대표에. 그런데 럭셔리브레인 대표는 진동호던데? 이거 먼저 설명해 보시지?"

"럭셔리브레인이 뭐 하는 회사인지가 먼저 아니고?"

"메타버스 어쩌고 컨설팅하는 곳이라며."

"아니야. 내 얘기 잘 들어봐."

사기꾼들은 입만 열면 거짓말이라더니, 북 콘서트 행사가 알고 보니 북 콘서트가 아니었고, 메타버스와 NFT 분야 컨설팅하던 회사가 알고 보니 다른 일을 하는 곳이란다. 사기 피해를 예방하고, 피해자를 구제하는 단체라나.

"지랄. 그렇다고 치자. 이제 대답하시지. 진동호가 대표인 이유를."

"네가 위험하니까."

"뭔 개소리야? 내가 왜 거기서 나와?"

"먹으면서 얘기하자."

오빠 새끼가 잔을 내밀었다. 못 본 척 고개를 돌렸다.

"나 오늘 딱 한 끼 먹었어. 먹으면서 얘기하자. 너 해장국 좋아하잖아."

밥 먹을 시간도 없을 만큼 바쁘다고 유난을 떠는 것도 사기꾼의 특징이긴 하지만, 그래도 혈육인데 밥은 먹여야 할 것 같았다. 못 이긴 척 잔을 부딪치고 소주를 털어 넣었다.

뚝배기에 담겨 아직 김이 폴폴 나는 국물을 한 순갈 입에 넣었는데, 예상과 달리 맛있었다. 치킨과 생맥주를 먹고 왔지만, 장르가 다른 음식이라 그런지 입에 착착 붙었다. 반찬으로 나온 아삭한 섞박지도 직접 담갔는지 시큼하면서 달짝지근했다. 도도하게 국물만 떠

먹으려고 했던 나는 어느새 공깃밥을 말아 퍼먹고 있었다.

"기억나냐? 옛날에 우주 형하고 영주역에서 해장국 먹은 적 있잖아. 서울에서 해장국 많이 먹어봤지만, 그때 같은 맛이 없어."

놀고 있네. 내 평생 그렇게 맛없는 해장국은 먹어본 적이 없는데.

"내 유튜브 봤다고 했지? 그래. 저마다 꽂히는 분야가 다른데, 나는 사기 분야더라. 사기꾼들을 그냥 두고 볼 수가 없더라고. 너도 그렇잖아. 우리는 사기꾼이라면 치를 떠는 사람이잖아."

그건 맞는 말이었다. 아빠가 사기만 안 당했으면, 엄마가 그렇게 살지도, 허무하게 죽지도 않았을 것이다. 오빠와 내 인생도 달라졌을 것이다.

"다양한 분야의 평론가가 되고 싶었거든. 죽어라고 책을 읽었지. 그런데 이 일을 미룰 수가 없다는 생각이 계속 드는 거야. 피해자는 계속 생기니까. 서울 가는 버스표를 끊어놓고도 내가 하고 싶은 일과 내가 해야 하는 일을 놓고 고민이 들었어. 그런데 동동주 집에서 네가 간단하게 해결해주더라."

"내가?"

"그래. 네가."

남자답게 서울에 가서 큰일을 하라고 그랬단다, 내가. 여자답게 집안을 책임진다고 그랬단다, 내가. 여하튼 그놈의 동동주가 문제다.

"사기꾼의 운전석에는 브레이크가 없어. 자기 의지로는 절대로 멈출 수 없지."

'알쓰'였던 오빠가 연달아 소주를 비우는 모습이 낯설었다. 오빠가 내게 털어놓은 지난 삼 년의 세월 역시 그랬다.

동동주 집에서 나온 오빠는 그길로 서울에 왔다. 진동호를 비롯해 카페에서 정보를 교류하던 이들이 오빠를 반겨주었단다. 그들과 함께 분석한 국내외 사기꾼들의 유형과 사기 방식을 책 한 권 분량으로 정리해 출간했고, 강의와 방송을 시작했고, 럭셔리브레인이라는 회사까지 설립했다.

오빠 이전에도 책과 방송을 통해 사기꾼의 실체를 폭로하고, 직접 그들의 뒤를 쫓기까지 한, 협객 같은 이들이 없던 건 아니었다. 하지만 그들 중에도 사기꾼이 많았고, 심지어 그들을 노리는 고단수 사기꾼도 있었단다. 제 발로 찾아와 자기가 사기꾼이었다는 걸 고백하면서 많이 반성했다고, 자기도 사기 쪽은 전문가니 함께 도와 사기꾼을 잡자고 해놓고는 사기를 치고 도망가는 사례도 많았다고 하니 세상 참 요지경이다.

무엇보다도, 사기꾼이나 사기꾼의 배후에는 무서운 사람들이 많다. 자신들의 실체를 밝히려는 사람이 있으면 수단과 방법을 가리지 않고 괴롭히는데, 그중 가장 악질적인 게 가족에 대한 공격이었다. 그래서 진동호 대표가 오빠 대신 십자가를 지겠다고, 그러니까 대표 자리에 이름을 올리겠다고 했단다. 사실이라면 그에게 미안한 얘기겠지만, 내가 걱정되어 마지못해 수락했다는 오빠의 말을 믿을 수 없었다.

"웃기고 있네. 진동호는 뭔데? 걔는 가족이 없어? 고아야?"

"어. 고아야."

졸지에 패드립을 한 꼴이 되어 민망했다.

진동호는 대학 시절에 부모님을 잃었다. 다단계에 빠져 집은 물론 선산까지 팔게 됐는데도 미련을 버리지 못한 부모님의 빚은 더 늘어났고, 결국 자살했단다. 공대에 다니다 그 사건 이후 폐인처럼 살던 진동호는 마음을 다잡고 졸업한 뒤 로스쿨에 들어가 변호사가 되었다.

"그랬구나. 아이 씨, 내가 그걸 어떻게 알아. 그럼 신수진은? 수진 언니는 왜 오빠랑 붙어 있어?"

"붙어 있다니. 수진이가 우리를 도와주고 있는 건데."

"왜? 오빠랑 사귀는 거야?"

"사적 감정으로 돕는 게 아니야. 걔도 절박하거든."

오빠는 진동호에 이어 수진 언니 얘기도 들려주었다. 학부를 졸업하고 외국에 가서 공부하던 중에 친하게 지내던 한인회 사람들에게 사기를 당했단다. 학비와 생활비를 모두 날린 건 언니 말고도 여럿이었는데, 다들 쉬쉬하는 분위기 속에 사건이 묻혔다. 한국으로 돌아오는 비행깃값도 없던 언니가 염치 불고하고 오빠에게 연락해 돈을 빌려달라고 부탁했다.

"그 언니는 친구도 없어?"

"친구한테 돈 빌려달라고 할 수 있는 성격이 아니거든."

"오빠는 뭔데? 호구야?"

내가 발끈한 이유는 오빠가 빌려준 돈의 출처가 나였을 거라는 의심 때문이었다. 오빠는 대답 대신 빙긋이 웃어 보였다. 수진 언니는 현재 학원에서 재무회계를 가르치는 강사로 일하고 있는데 꽤 인기가 많단다. 틈날 때마다 럭셔리브레인의 일을 도와준다고 했다.

"사기꾼들이 만든 회사가 겉으로 볼 때는 멀쩡한 경우도 많아. 그래서 나랑 진 변이 볼 때는 애매한 케이스가 있는데, 그럴 때 수진이가 필요하지. 우리와 다르게 그 사업이 사기인지 아닌지를 숫자로 감별하거든."

이쯤 되니 오빠가 하는 말의 진위를 가리는 건 내 능력 밖의 일이 되어버렸다. 나와 너무도 다른 세계의 얘기였다. 내 잔이 빈 것을 보고 오빠가 소주병을 내밀었다. 이번에는 나도 잔을 내밀었다. 그리고 다시 내가 오빠의 빈 잔을 채워줬다. 이후로도 여러 번 되풀이했다.

해장국에 소주 한 병씩을 비웠고, 수육을 시켜 소주 두 병을 더 비웠는데도 오빠는 혀가 꼬이지 않았다. 삼 년 만에 이렇게 주량이 늘 수도 있는 것인가. 오히려 내가 문제였다. 연일 쉬지 않고 술을 마셔서 그런지, 드디어 오빠를 보니 긴장이 풀려서인지, 조금씩 몽롱해졌다.

"최강천재 씨. 인간은 무엇으로 살아?"

최강천재라는 말에 오빠가 웃음을 터뜨렸다. 책 출간을 앞두고 고민하던 오빠에게 진동호가 추천한 이름인데, 민망하지만 책 판매에 도움이 됐고, 유튜브 방송을 할 때 특히 요긴했단다.

"믿음으로 살지. 손을 맞잡고 한 발짝씩 나아갈 수 있다는 믿음. 그렇게 가다 보면 세상이 나아질 것이라는 믿음."

"등신아, 그게 언제 되겠냐. 죽기 전에 가능하겠어?"

"내가 죽은 다음에라도, 누군가는 나아진 세상에서 살 수 있겠지. 그걸 믿는 거야, 나는."

럭셔리브레인을 움직이는 이들은 다 같은 믿음을 가졌다고 했다. 그중에는 사기 피해 당사자나 가족들도 있고, 전문직도 있단다. 아까 강당 계단에서 오빠와 얘기하던 중년 여자는 최근에 자살한 사기 피해자의 어머니이며, 강당 문을 잠그고 올라온 이는 경찰 출신이라고 했다.

"그 아저씨는? 청바지 입은 남자."

"출판사 편집장 하시던 분이야."

"그 사람도 사기당했어?"

"묘해. 자기 계발 전문 출판사에서 일하셨거든? 수많은 원고를 받아서 그중에 백 권이 넘는 책을 냈으니 얼마나 많이 읽으셨겠냐고. 책에서 시키는 대로 따라 해보기도 했는데, 이십 년 동안 인생이 바뀌지 않더래. 화딱지가 나서 저자들을 모두 추적해보니까 진짜로 성공한 사람은 한 사람도 없었다는 거야."

오빠 말에 웃음이 터져 나왔다. 이 인간 앞에서 웃은 적이 언제

였더라. 소주를 비운 뒤 오빠가 가져다준 물을 벌컥벌컥 마셨다.

"솔직히 아직도 모르겠다. 오빠 네가 하는 말이 어디까지 진짜인지. 갑자기 서울로 가버리더니 연락도 없고."

오빠가 팔을 뻗어 내 머리를 쓰다듬었다. 예전 같으면 팔을 꺾었을 터다. 당황스러웠던 나는 그대로 얼어붙었다.

"나는 네가 동동주 먹으면서 해준 말을 지금도 고스란히 기억하거든. 아빠고 집이고 다 잊고, 오빠 하고 싶은 거 실컷 하고 돌아오라고. 태백은 네가 책임진다고. 그 말이 얼마나 힘이 되고 의지가 됐는지 몰라. 조금만 기다려. 오빠가 오빠 노릇 해줄게."

오빠의 낮은 목소리에 왈칵 눈물이 쏟아졌다. 정신을 차리려고 다시 찬물을 마셨다.

"하나야, 괜찮아?"

"알겠어. 이제야 알겠어."

차마 말하지는 못했다. 그제야 알았다. 나는 오빠가 우리를 떠나갈까 봐, 아니, 나를 떠나갈까 봐 두려워했다. 아빠가 우리 식구를 버렸듯, 엄마가 세상을 마쳤듯, 내게서 멀어질까 봐. 나만 혼자 남게 될까 봐.

그동안 한 번도 하지 않았던 우리 가족의 과거 얘기도 나누었다. 아빠에 대한 원망, 엄마에 대한 그리움 같은 것이었다. 오빠는 엄마가 우리를 사랑으로 키웠다고 했고, 나는 사랑에는 힘이 없다고, 결국 엄마도 우리를 속이고 갑자기 떠난 거 아니냐고 울면서 얘기했다. 아기 때도 좀처럼 울지 않았다는 내가.

오빠가 티슈로 내 눈물을 닦아주며 말했다.

"아니야. 사랑에는 힘이 있어. 어린 우리가 알게 되면 슬픔만 커질 뿐이라고 생각하셨을 거야. 엄마는 그런 분이었잖아. 그렇게 아팠는데도 이를 악물고 참으신 거야. 우리를 사랑해서."

그 말을 듣는 순간 공중에 붕 뜨는 느낌이 들었다. 오빠가 하는 말을 또 까먹으면 안 되는데, 함께 있는 지금 순간이 정말 소중한 건데, 자꾸만 어지러웠다. 오빠와 한참 더 얘기를 나눴지만, 기억이 나지 않는다. 나는 기어코 잠들어버렸다.

그날 오빠는 나를 택시에 태워 미주가 기다리는 호텔로 데리고 갔다. 내가 얼마나 무거운데.

오빠 새끼 잡으러 간다

남들보다 일렀던 여름휴가는 태백에서 마무리됐다. 일요일 오후지만 시내는 한가로웠다. 낮 기온이 30도를 넘던 서울에 있다가 태백에 오니 시원해서 살 것 같았다. 황지연못에 있는 온도계를 보니 23도였다. 페투페에서 미주를 만났다. 전날 졸면서 버스 타고 내려온 뒤 곧장 집에 가서 내내 잠만 잤기에 밀린 얘기가 산더미였다.

"야, 그러면 너네 오빠 돌아온다는 얘기네?"

"몰라. 오빠 노릇 할 거라고만 했어."

"그게 그거지. 또 다른 말은?"

"모른다고. 야, 시원하게 생맥주나 한잔하고 얘기하자."

오빠와 나눈 얘기는 더 많았다. 하지만 도무지 기억이 나지 않았다. 동동주를 먹었던 그 날처럼, 놓치면 안 될 얘기가 또 있었을까? 잘 모르겠다. 그래도 이제는 오빠 걱정을 안 해도 된다는 것 때문에 마음이 홀가분했다.

미주는 스타벅스에 겨우 맛 들였는데 아쉽다고 했고, 나는 온갖 소음과 더위로부터 해방된 게 좋다고 했다. 태풍이 온다고 하더니 하늘은 맑았고, 카페 앞 나무에서는 올해의 첫 매미 울음소리가 들렸다.

하루 푹 쉬고 나오니 여느 때보다도 컨디션이 좋았다. 다음날 새벽부터 출근해야 한다며 찡찡거리던 미주가 일찍 들어가야 하니 빨리 먹고 취하는 게 낫겠다며 말을 바꾸고는 소주를 시켰다. 페투페에서 소주까지 파는 줄은 몰랐다. 단골인데도.

미주가 폭탄주를 만들기 시작했다. 취하기로 작정한지라 나보다도 빨리 마신 미주는 해가 지기도 전에 취해버렸다. 계속 그놈의 '강천이 오빠' 타령을 하는 바람에 손바닥으로 입을 때리고 싶은 걸 여러 번 참았다. 비틀거리는 녀석을 집에 보낸 뒤 동동주 집에 갔다. 오빠가 남긴 낙서도 확인할 겸.

일요일 저녁이라 그런지 한산했다. 시원한 동동주 한 주전자를 비우니 살짝 취기가 도는 게 딱 좋았다. 다음날 출근 생각을 하면 또 한 주전자를 마시는 건 무리였지만, 반만 비우면 된다는 생각에 감자전과 함께 주문했다.

해장국집에서 오빠가 했던 수많은 말 중 하나가 떠올랐다. 막판에는 오빠도 살짝 취했는지 별소리를 다 했다. 내가 시집갈 자금까지 모으겠다고 했던가? 웃기는 소리, 나는 우주 오빠랑 결혼할 건데. 우주 오빠는 수저만 가지고 오면 된다고 할 텐데. 나는 오빠에게 태백에 돌아오면 낡은 연립 대신 가스보일러와 엘리베이터가 있는 아파트가 기다리고 있을 거라고 했다.

오빠는 내가 취미를 가졌으면 좋겠다고도 했다. 포환을 잘 던졌으니 볼링공을 던지는 건 어떻겠냐고. 운동에 소질이 있으니 잘할 거라고. 피아노나 기타 같은 악기를 배우거나, 그림을 그려보라고도 했다. 악기라고는 노래방에서 탬버린 쳐 본 게 전부고, 그림은 부모님 얼굴 그리는 숙제한 게 마지막이었을 거다.

내가 공장에서 일하는 게 안쓰럽다고 얘기하던 오빠가 손뼉을 짝 치더니, 중고등학교 때 팬픽을 잠깐 쓴 게 전부인 내게, 글을 써보라고 했다. 내게는 오리지널리티란 게 있다나? 그래. 그 단어를 들으면서 서서히 정신을 잃었던 것 같다. 오리지널리티, 어디서 들어본 단어였는데. 언제였더라.

파마머리를 한 사장님이 감자전을 가져다주었다. 젓가락으로 해체한 뒤 한 조각을 집어 먹었다. 서울에서는 맛볼 수 없는 강원도의 촌스럽고 투박한 맛이었다. 동동주를 들이켰다. 한 잔, 두 잔, 조금씩 알딸딸해지기 시작했다. 이 순간이 딱 좋다. 잊어버렸던 것들이 되살아나고, 새로운 아이디어가 떠오른다. 술이 부족해도, 과해도 안 된다.

"맞다!"

나도 모르게 소리를 질렀다. 해체됐던 기억의 파편이 맞춰졌다. 오리지널리티, 그 소설가의 입에서 나왔던 단어다. 화요일 저녁에 나와 미주에게 말을 걸었던, 일산에서 왔다는 그 소설가 말이다. 남의 얘기를 내 얘기처럼 옮기는 것도 좋지만, 더 중요한 건 내 경험과 내 생각을 바탕으로 오리지널리티를 구축하는 것이라고 했다. 어려운 말이었다.

그는 내게 오리지널리티를 구축할 소질이 있다고 했다. 포환 던질 때와 공장에서 일할 때 말고는 남한테 소질이 있다는 말을 들어본 적이 없었다. 그 사람이야말로 사기꾼이 아니었을까? 사기꾼이 넘쳐나는 세상이니까. 그런 식으로 허영심을 부추긴 다음에, 걸려드는 사람이 있으면 자신이 운영하는 출판사에 돈을 내게 하는.

쓸데없는 생각을 하다 보니 동동주를 너무 마셨다. 반만 마시려고 했는데. 주전자를 드니 덜렁덜렁하는 게 거의 바닥이 난 것 같았다. 오빠가 남긴 낙서 밑에 나도 한 줄을 남겼다.

오 년을 작정했고 드디어 일 년 남았다.

채하나.

***

가을이 되자 큰 체육대회가 하나둘씩 열리기 시작했다. 그 무렵이면 숙박업소가 모인 시내 식당에는 방문을 환영한다는 플래카드가 붙는다. 태백 시외버스터미널 매점은 버스 기사들의 참새방앗간이다. 그들의 수다를 들으며 매점 앞 의자에 앉아 커피를 마셨다.

도착하는 버스마다 꽤 많은 승객을 싣고 왔다.

시골 남자 중에는 머리가 크고 몸통이 두꺼우며 눈이 부리부리한 사람이 꼭 있다. 의리가 좋고, 밥과 술을 잘 사고, 남자답다는 평을 듣는 타입이다. 그래서 그런지 어디 가서도 리더가 되는데, 생각해보면 그런 특징은 조폭 두목과도 같다. 미주네 아빠가 그렇다.

휴대폰이 울렸다. 오빠였다. 금의환향까지는 아니지만, 이틀만 있으면 도로 서울에 갈 거지만, 오빠가 삼 년 만에 태백에 돌아오는 날이었다.

"어디쯤이야? 거의 다 왔지?"

"어, 나 여기 고한터미널이야. 여기에서 픽업해주겠다고 내리라고 하시더라고."

"알았어. 그럼 식당으로 곧장 가겠네?"

"어. 미안."

"됐어. 이따 집에서 봐."

고한사북공영터미널은 강원랜드 근처에 있다. 태백에서 이십 분 거리다. 잠깐이라도 오빠 얼굴을 볼까 했는데, 미주네 아빠가 태우고 온다니 나는 다시 버스를 타고 집에 가서 기다려야 할 판국이었다. 그래도 집 아니면 공장만 오가며 지내다가 모처럼 바깥바람을 쐬서 좋았다.

예전 같으면 강천이 오빠가 온다고, 그것도 자기 아버지가 불러서 오는 거라고, 미주가 김칫국을 사발로 들이켠 채 생난리를 쳤을 것이다. 하지만 미주는 서울에 있다. 운영하게 될 호텔 혹은 모텔의 리모델링 작업을 지켜보라는 게 미주 아버지의 의도였는데, 미주는 현장에 자기가 있으면 방해만 된다며 매일 땡땡이를 치고 카페 탐방만 하고 있다.

공중파 방송에 연달아 출연하며 유명인이 된 오빠를 미주네 아버지가 괜히 부르지는 않았을 것이다. 하지만 오빠는 어떤 제안을 하더라도 뿌리칠 마음을 먹고 왔다. 오빠가 그럴 수 있는 사람인 건 분명하다. 오빠를 태백에 부른 것은 미주네 아버지였지만, 오빠가 태백에 오려고 마음을 굳힌 것은 우주 오빠 때문이었다.

우주 오빠와는 럭셔리브레인을 설립하기 전부터 공감대를 쌓았다고 한다. 의료관광 복합단지에는 관여하지 않겠다며, 아버지와 절연 위기까지 갔던 우주 오빠는 이제 다음 달이면 군의관을 마치고 대학병원에 들어간다. 동시에 럭셔리브레인의 자문위원을 겸할 예정인데, '허위 및 과장 진료 사기 피해 진단과 예방'이라는 긴 이름의 분과를 맡는다.

집에 돌아온 나는 전날 쓰던 글을 이어나갔다. 요즘에는 매일 글을 쓴다. 공장 기숙사에 있을 때는 자기 전에 한 시간씩, 쉬는 날에는 집이나 페투페에서 서너 시간씩 글을 썼다. 휴대폰 메모장에 쓰고, 회사에서 주워온 공책에도 쓰고, 오빠에게 물려받은 낡은 컴퓨터로도 쓴다. 전셋집을 구하면 곧바로 노트북도 살 생각이다.

저녁때가 되어서야 오빠에게 연락이 왔다. 미주네 아버지와 식

당에서 술을 마시는 중인데, 잠시 화장실에 들러서 전화하는 거란
다. 이상한 얘기를 꺼내셨다기에 대체 무슨 얘기냐고 물으니 결혼
에 관한 얘기라고 했다. 미주와의 혼담인 줄 알고 거의 졸도할뻔한
내게, 오빠는 상대가 미주네 아버지가 활동하고 있는 정당 대표의
딸이라고 했다.

"어르신이 좋은 의도로 말씀하신 거니까, 바로 거절하지 말고 그
냥 '알겠습니다' 해."

"나중에 어떻게 하려고?"

"너 잠수타는 거 하나는 누구보다 잘하잖아."

"그러네."

오빠를 타이른 뒤 미주에게도 연락을 했다. 녀석이 내 올케가 되
는 꼴을 볼 생각은 없지만, 친구 사이에 의리란 게 있으니까. 문자
메시지로 대충 상황 설명을 해주었다. 평소라면 한참 지나야 답장
이 오겠지만 이번에는 다를 것이다.

아니나 다를까, 문자를 보내고 난 뒤 몇 글자 쓰기도 전에 녀석
에게서 번개같이 답장이 왔다. 마지막 문장은 내가 쓰고 있는 소설
의 제목과도 같았다.

> 미친. 씨발. 오늘 다 죽었어. 야! 딱 기다리라고 그래.

> 오빠 새끼 잡으러 간다!

작가의 말

지난 2년 동안, 오로지 장편 집필에만 전념했다. 그 고된 시간을 나는 '창작의 행군'이라 부른다. 행군 기간에 쓴 소설 중 가장 최근 것을 세상에 먼저 내보낸다.

창작의 행군을 시작하며 큰 변화를 시도했다. 한 번 집필을 시작하면 초고를 마칠 때까지 아무런 예외 없이, 매일 글을 쓰기로 한 것이다. 집필 진도를 엑셀로 정리했다. 목표량을 채우면 대개 새벽이었고, 날이 밝기 시작한 뒤에야 잠든 적도 많았다. 스트레칭과 근력운동, 달리기라는 루틴에 피아노 연주를 추가했다.

이런 때가 또 올까 싶었다. 작품 하나를 끝내고 퇴고하다 보면 어김없이 다음 작품 소재가 떠올랐다. 호수공원을 달리다가, 윗몸 일으키기를 하는 중에, 샤워하다 말고, 섬광 같은 것이 머릿속에 번뜩였다. 그걸 빨리 쓰고 싶다는 욕구가 퇴고의 고통을 압도했다. 퇴고를 마치면 곧바로 작업에 들어갔다.

강원도의 동굴, 등대가 있는 어촌마을, 짐바브웨의 마나 풀스 국립공원, 심지어 우주 공간까지, 다양한 배경에서 펼쳐지는 장편소설 여러 편을 연달아 썼다. 쉬지 않고. 십 대 청소년부터, 중년의 우주인, 수상한 연극배우, 복싱하는 여고생, 등장인물도 다양했다. 아프리카 들개나 외계인, 귀신마저 등장했다.

내 이야기에 깊게 빠져들었다. 독한 몰입 덕분에 창작과 루틴이라는 똑같은 일만 매일 되풀이하는, 극도로 단순하고 따분한 하루하루를 이겨낼 수 있었다. '이 작품까지만 쓰고 휴식 기간을 갖자'라는 다짐을 번복하기 수차례, 차곡차곡 글이 쌓여갔다.

주말이면 한자리에 모여 식사하고 함께 영화를 본 뒤 감상을 나누는 게 우리 가족의 오랜 문화가 되었다. 어느 일요일 저녁, 함께 영화를 보던 동생 얼굴이 내 눈에 새삼스러웠다. 순간, "오빠 새끼 잡으러 간다"라는 문장이 입 밖으로 불쑥 튀어나왔다. 몇 분 만에 세운 이야기 뼈대를 네 줄짜리 메모로 휴대폰에 저장했다.

그 무렵, 글쓰기에 지나치게 골몰한 나를 걱정하던 가족들은 적어도 몇 달, 아니, 1년 정도는 휴식을 취하라고 했다. 피곤도 잊은 채 쉼 없이 글만 쓴 시간이 꽤 길었던 게 사실이고, 쌓아둔 글들을 어떻게 처분할지도 고민해야 했으니. 가족들의 말을 들었다.

대학 시절, 사업을 그만두고 글을 쓰겠다며 홀연 여행을 떠난 적이 있다. 그때 가장 깊은 인상을 주었던 태백으로 향했다. 밤이 되면 황지 근처에 있는 페투페에 가서 생맥주를 마셨다. 옆 테이블에 있던 여자가 채하나였다는 걸, 그때는 몰랐다.

지난봄, 문예지 행사 준비 때문에 안양역에서 하루 묵게 되었다. 근처 시장통을 구경하다가 삼덕 도서관에 들렀다. 그곳에서 한 시간 남짓 머무르며 이야기를 정리했다. 뼈대에 태백이라는 살을 입히는 작업이었는데, 아직도 눈앞에 생생한 장소를 배경으로 담으며 희열을 느꼈다.

회룡포부터 시작해 태백 곳곳을 돌아다니며 보고 들었던 장소와 말글을 그대로 담았다. 특별한 취재는 필요하지 않았다. 팟캐스트 방송을 진행하며 수많은 사기꾼을 취재했고, 강의 시장과 스타트업 업계에도 오랫동안 몸을 담았으니까. 결정적으로, 내게는 서로 끔찍이 아끼는 여동생이 있다.

이 글은 내 소설 중 알레고리 요소가 거의 없는 유일한 작품이다. 남매가 서로 화해하는 이야기 골자를 시간순으로 따라가며 읽으면 그만이다. 물론 '인간은 무엇으로 사는 거 같냐'라는 남매의 대화처럼, 중간중간 독자에게 던지는 질문이 있긴 하다. 어쩌면 하나는 그 질문 하나에 붙들려, 내내 그 답을 찾으며 살았는지 모른다.

강천 역시 마찬가지였다.

99년생 채하나는 건강하고 평범하며 젊은 여성이다. 투포환 선수를 하다가 공장 노동자로 일하는 특이한 이력을 가졌다. 오빠가 하는 일이라면 색안경을 끼고 보는 모습이 초반부터 나오는데, 걱정되기 때문이다. 오빠를 죽도록 싫어하면서, 또 그만큼 사랑하니까. 가족이나 연인, 특히 형제간에는 서로에 대한 사랑과 증오가 동시에 작동하기도 한다. 같은 발원지에서 상반된 것들이 용출되는, 역설과 모순이다.

작중 인물이 갈리는 지점은 시대 질서에 순응하느냐, 아니면 거부하느냐에 있다. 하나와 강천 남매는 세상의 관성에서 벗어난 사람들이다. 궤도에서 이탈해 자신이 가고 싶은 길을 택했다. 그만한 대가를 치러야 한다는 걸 모를 리 없기에 '용감한 남매'라고도 할 수 있겠다.

하나는 운동을 스스로 포기했다고 얘기하지만, 경쟁만이 유일하고 절대적인 질서인 승자독식 시스템을 거부한 것이기도 하다. 남들의 욕망을 내 기준으로 삼지 않는 인물이라는 건 그녀의 음식 취향에서도 나타난다. 그녀가 선택한 직업 역시 그렇다. 정직하게 일해 정당한 대가를 받을 수 있다는 점 때문에 공장 일을 좋아한다. 그래서 그곳에서 일하는 것에 불만이 없다.

하나는 엄마의 죽음이 사랑에 힘이 없다는 증거라고 생각했다.

강천의 생각은 달랐다. 오히려 사랑에 힘이 있다는 증거라면서, 자신을 잡으러 온 동생을 향해 그는 반박한다. 두 사람의 말 중 무엇이 옳은지 가려낼 수는 없는 이유는 그것이 검증 가능한 명제가 아니라 선택의 차원이기 때문이다.

강천은 천민자본주의에 순응하는 걸 거부하고 시대와 불화하는 뾰족한 인물이다. 작중에 나오는 '책기꾼' 정도는 사기꾼이 아니라고도 할 수 있겠지만 그는 단호하다. '만인에 대한 만인의 사기 행위'를 조장하는 시스템을 방치하고 심지어 조장하는, 플랫폼 사업자들 역시 사기를 조장하거나 사기를 치고 있다고 본다. 이용권을 지급해 호의적인 리뷰가 쌓인 식당이 맛집이 되고, 각종 체험단을 운영해 별점을 높이면 인기 상품이 되기 때문이다.

포털에서 맛집이라고 해서 찾아간 식당은 대개 형편없다. 가성비가 좋다는 리뷰를 보고 구매한 제품이 오프라인 상품보다 더 비싸고 조악한 경우가 많다. 강천은 그런 현실을 푸념하는 선에서 멈추지 않고 변화를 추구한다. 단번에 뒤집어엎을 수는 없더라도, 한 발짝씩 나아가면 세상이 나아질 것이라고 믿는다.

하나가 서울에서 만나는 사람들은 정체가 불분명하다. 강남 한복판에 솟은 최첨단 빌딩 내부 역시 그녀 눈에는 허술하게 보인다. 그 안을 채운 건 알맹이가 없는 존재들뿐이다. 자아를 한껏 부풀러야 인정받는 세상이 그녀에게는 마뜩잖다.

　지향이 다르다는 이유로 누군가를 타자화하고 두려워해서는 안 된다. 서로 달라도 너무 다른 하나와 미주가 친구로 지내며 연대하는 건 서로의 차이를 받아들였고, 서로에게 솔직하기에 가능했다.

　작중에 등장하는 '책기꾼'은 창작한 것이지만, 세상에 존재할 가능성도 있다. 그들과 비슷한 방식으로 젊은 사람들의 피, 땀, 눈물을 짜내어 자신의 배를 채우는 사기꾼의 역사는 유구하다. 현대의 직업 중 많은 수가 책기꾼이 하는 일과 비슷하다. 합법의 테두리 안에, 혹은 경계에 있을 뿐이다. 하연의 직업도 그러한데, 그녀처럼 자기 일의 본질을 알면서도 순응하며 살 수밖에 없는 세상이다.

　'황지 꼴통스' 멤버들은 자주 술을 마신다. 하나가 만취하는 장면들이 있는데, 그때마다 그녀는 사소하지만 중요한 것들을 놓친다. 망각이란 건 동전의 양면과 같다. 수치심과 죄책감에 빠져 허우적거리는 사람에게 진통제처럼 절실한 것이지만 쉽지 않다. 자신에게 불리한 것이라면 댓글 삭제 버튼 누르듯 지워버리는 사람에게 망각은 소화제처럼 쉽고 빠르다.

　독자의 영역을 더는 침범하고 싶지 않다. 몇 가지 얘기로 마무리하겠다.

이 책의 첫 문장을 쓴 날부터 마지막 문장을 쓰기까지 한 달 하고 이틀이 걸렸다. 데스크톱이 고장 나서 한 주를 날린 것까지 포함한 시간이니 꽤 빨리 쓴 편이다. 일평균 35매를 썼다. 물론 글을 다듬는 작업에는 몇 배 많은 시간이 걸렸다.

소설의 첫 문장을 책 제목으로 시작하는 건 애초의 의도였지만, 마지막 문장까지 같아지며 수미쌍관이 된 건 계획에 없던 일이다. 집필 마지막 날 새벽, 무엇에 이끌린 듯 원래 쓰려던 내용을 바꾸었다. 첫 문장과 같은 문장으로 마무리가 된 것이 마음에 들었다.

늘 나를 응원해주는 동문 선배가 선릉역 참치집에서 나를 두고 '21세기 허생' 같다고 말한 적이 있다. 사업을 그만두고 소설을 쓰기 시작했을 무렵, 좋은 작가가 될 수 있을 거라며 해준 얘기였는데, 그 말이 꽤 인상적이어서 잠재의식 속에 남아있던 건지도 모른다.

내가 태백을 좋아하는 이유를 이 책에 모두 담았다. 최근까지도 이사를 놓고 고민을 했을 정도다. 조만간 다시 들러 소설 속 장소들을 방문하고, 황지 꼴통스 멤버들과 어울릴 생각이다. 페투페에서 만났던 그 아가씨는 지금쯤 내 말대로 소설을 쓰고 있을까?